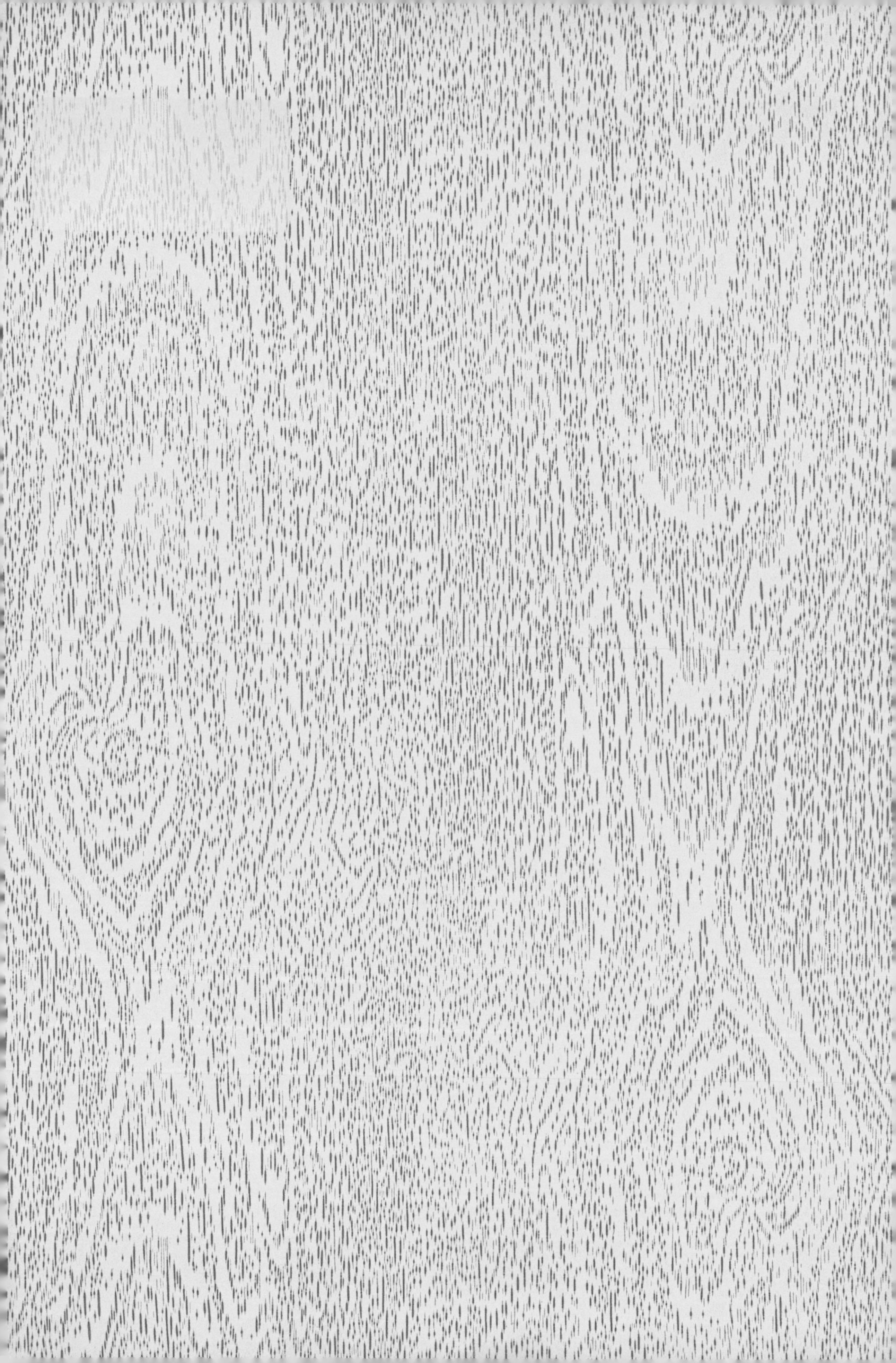

真实记录惊心动魄的59个战“疫”日与夜

谨以此书献给抗击新冠肺炎疫情前线的白衣战士和新闻工作者

记者手记

写在抗击新冠肺炎疫情的日子里

广东省广播电视局　广东广播电视台 编著

广州新华出版发行集团
广州出版社

图书在版编目（CIP）数据

记者手记：写在抗击新冠肺炎疫情的日子里 / 广东省广播电视局，广东广播电视台编著 .—广州：广州出版社，2020.6

ISBN 978-7-5462-2931-7

Ⅰ. ①记… Ⅱ. ①广… ②广… Ⅲ. ①新闻报道—作品集—中国—当代 Ⅳ. ① I253

中国版本图书馆 CIP 数据核字（2020）第 074467 号

记者手记——写在抗击新冠肺炎疫情的日子里

Jizhe Shouji Xie Zai Kangji Xinguan Feiyan Yiqing de Rizi Li

出版发行 广州出版社
（地址：广州市天河区天润路 87 号广建大厦 9 楼、10 楼
邮政编码：510635　网址：www.gzcbs.com.cn）

出版总监 杨　斌

出 版 人 柳宗慧

策 划 人 刘宗贵

责任编辑 刘宗贵　叶桂莲　蚁燕娟

文字编辑 杨名宇　李畅炜

特约编辑 邱丽芳

融媒编辑 罗健聪

责任校对 张　苹

装帧设计 广州市擅食文化传播有限公司

印　　刷 广东鹏腾宇文化创新有限公司
（地址：广东省珠海市香洲区唐家湾科技九路 88 号 10 号厂房
电话：0756-8283948）

开　　本 787 mm×1092 mm　1/16

字　　数 222 千

印　　张 17.75

印　　数 1-5000 册

版　　次 2020 年 6 月第 1 版

印　　次 2020 年 6 月第 1 次

书　　号 ISBN 978-7-5462-2931-7

定　　价 86.00 元

要深入宣传党中央重大决策部署，充分报道各地区各部门联防联控的措施成效，生动讲述防疫抗疫一线的感人事迹，讲好中国抗击疫情故事，展现中国人民团结一心、同舟共济的精神风貌，凝聚众志成城抗疫情的强大力量。

——2020年2月3日，习近平总书记在中共中央政治局常务委员会会议上发表重要讲话

编 委 会

抗击新冠肺炎疫情原创歌曲三首

一、战疫情

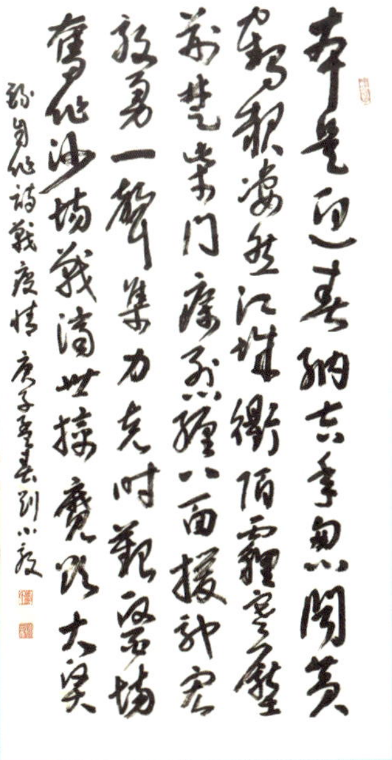

歌 词

本是迎春纳吉年
忽闻黄鹤报凄然
江城衢陌霾寒压
荆楚柴门疠烈缠
八面援驰宏毅勇
一声集力克时艰
医场奋作沙场战
济世擒魔颂大贤

扫码播放

李淑勤，国家一级演员，佛山粤剧院院长，国务院特殊津贴专家，文化和旅游部优秀专家，全国艺德楷模，曾获中国戏剧“梅花奖”等多项国家级奖项。多年来，李淑勤致力于开拓粤剧艺术新领域，曾将本土首部动漫真人秀粤剧《蝴蝶公主》拍摄成戏曲电视艺术片，将粤剧《小凤仙》《小周后》拍成电影，等等。

二、思念

配乐童声旁白

爸爸妈妈，你们什么时候回来？我好想你们啊！今天送餐的志愿者姐姐问我："小朋友，你爸爸妈妈去了武汉医院支援，你一个人在家害怕吗？"我说不害怕！

歌词

江城抗疫魔显身手
整装披挂飞赴鹦鹉洲
千般思念惹人愁
情牵幼子独留守
毒焰猎猎民命堪忧
八方守望情意深厚
伉俪同心鏖战苦施救
为解倒悬写春秋
共甘苦，愿同舟
逆行无悔晨复昏
夜思亲，双泪流
不灭妖霾誓不休
思儿有泪往肚里流
共克时艰峥嵘岁月稠
待到万家灯火映北斗
清风明月再执手

间奏浪白

孩子，妈妈知道你很想念我们，但爸爸妈妈还要在武汉第一线抢救生命，你在家里不用害怕，等爸爸妈妈和叔叔阿姨们一起打赢这场疫情阻击战，就会回家看你了！

歌 词

江城抗疫魔显身手
整装披挂飞赴鹦鹉洲
千般思念惹人愁
情牵幼子独留守
共甘苦，愿同舟
初心无悔夜复昼
夜思亲，双泪流
不灭妖霾誓不休
思儿有泪往肚里流
共克时艰峥嵘岁月稠
待到万家灯火照九州
天上人间铺锦绣

扫码播放

张况，广东梅州五华人，著名诗人、文学评论家，中国作家协会成员、中国诗歌学会理事、广东省作家协会主席团成员、佛山市作家协会主席，著有《大秦帝国史诗》《大汉帝国史诗》《大唐帝国史诗》等诗集。

梁玉嵘，广东佛山禅城人，著名曲艺演唱艺术家，曾获中国曲艺“牡丹奖”表演奖、中国电视“星光奖”、中国文化艺术政府奖“文华奖”表演奖与新节目奖，现为广东省文联副主席、广东省曲艺家协会主席。

三、爱的交响诗

歌词

一自毒霾锁烟波
江城春晓曲违和
白衣天使从天降
逆行战神斩疫魔

初心使命催秣马
赤县神州骁将多
万众一心驱恶浪
千里尖兵伏妖魔

拔山益显成城志
抽薪指日奏凯歌
愿得家国两无恙
中华复兴气磅礴

粤曲《爱的交响诗》历经一个多月的酝酿和创作，数易其稿。该曲借用了交响诗的宏大题材理念，以粤乐为基调，交响乐为载体，以古诗词和戏曲化的风格，根据诗文情绪变化的三个层次进行创作。

这首歌词描绘了全民抗疫的三个阶段：首先是疫情发生后白衣天使逆难而上、千里驰援赴江城；然后是党中央号召全国各方面的力量全力支持武汉，万众一心共克时艰；最后突出了全民抗疫、众志成城、同舟共济的力量感，并用“愿得家国两无恙，中华复兴气磅礴”表达中国人民不屈不挠战胜困难的必胜信念。

出版人语

Preface

岁岁清明，今又清明。

4 月 4 日，庚子年清明节。中国，以国家的名义、最高的规格深切悼念抗击新冠肺炎疫情斗争牺牲烈士和逝世同胞。习近平总书记等党和国家领导人在首都北京参加悼念活动，再一次以行动宣示人民至上、生命至上。

上午 10 时整，防空警报鸣响，汽车、火车、舰船鸣笛，北京天安门广场上，万里长空，国旗半垂，人民英雄纪念碑巍然屹立。大江南北，长城内外，举国默哀，亿万人民同悲、同祭、同心。

3 分钟，180 秒，哀思充满心间。

英雄的祖国，英雄的人民，书写了人类历史上可歌可泣的抗疫篇章。

2020 年春天，是不寻常的春天，一场突然袭来的新冠肺炎疫情严重威胁人民群众的生命安全和身体健康。武汉成为焦点，全国进入抗击新冠肺炎疫情的特殊战“疫”。

2020 年 1 月 24 日，除夕夜，在家家团圆吃年夜饭的时候，有一群人已经整装待发，严阵以待。他们是广东各医院火速组建的广东医疗队的医护人员，他们在除夕夜集结开赴武汉疫区，支援当地医院医护人员，共同应对新冠肺炎疫情。

面对疫情的严重威胁，国家和民族的利益高于一切，广大人民群众的生命安全和身体健康高于一切。面对无情的病毒、凶猛的疫情，白衣天使们没有退缩、没有迟疑，他们选择了直面病魔、直面危险！他们是最美的逆行者！

“面对疫情，我们和武汉都没有太多时间去准备。走正确的路需要勇气，更需要智慧。一辈子里，能亲眼见证和记录一段历史，是记者的责任。”

在危急关头选择逆行的，还有广东的新闻记者们，他们随同广东医疗救援队奔赴武汉，奔赴新闻战场的第一线。这，就是广东新闻人的使命与担当！

2020年1月25日，习近平总书记主持召开中共中央政治局常务委员会会议，对疫情防控工作作出部署：生命重于泰山。疫情就是命令，防控就是责任。各级党委和政府必须按照党中央决策部署，全面动员，全面部署，全面加强工作，把人民群众生命安全和身体健康放在第一位，把疫情防控工作作为当前最重要的工作来抓。只要坚定信心、同舟共济、科学防治、精准施策，我们就一定能打赢疫情防控阻击战。

新冠肺炎疫情是新中国成立以来在我国发生的传播速度最快、感染范围最广、防控难度最大的一次重大突发公共卫生事件。在以习近平同志为核心的党中央坚强领导下，中国人民万众一心、众志成城、团结奉献、同心同德，迅速构筑起了一道抗击新冠肺炎疫情的坚固长城，展现了伟大的中华民族精神。

2020年2月3日，习近平总书记主持召开中共中央政治局常务委员会并发表重要讲话：“要深入宣传党中央重大决策部署，充分报道各地区各部门联防联控的措施成效，生动讲述防疫抗疫一线的感人事迹，讲好中国抗击疫情故事，展现中国人民团结一心、同舟共济的精神风貌，凝聚众志成城抗疫情的强大力量。”

广东新闻人响应习近平总书记的伟大号召，主动请缨，奔赴湖北新闻战场第一线，不畏艰险、深入红区，在医院、方舱、重症病房等地舍生忘死，用纸笔、话筒和镜头记录了广大医疗工作者这一团结协作、乐于奉献的光荣集体，用情用心讲述了抗疫感人事迹和先进典型，第一时间多角度、全方位报道疫情救治防控情况，客观真实反映广大群众的困难和问题，体现了实事求是、一心为民的职业操守和无私无畏、忘我拼搏的崇高精神。他们和白衣天使们一样，都是抗疫战士、抗疫英雄，他们为湖北武汉疫情防控凝聚起了强有力的中国精神力量，弘扬了正能量，极大地鼓舞了一线士气，极大地激励了全国人民团结一心战“疫”的斗志。

精心编辑制作出版的融媒出版物《记者手记——写在抗击新冠肺炎疫情的日子里》，用文字、图片、音频和视频，比较全面立体地再现了这场惊心动魄的抗击新冠肺炎疫情战役。

从感人肺腑的《记者手记——写在抗击新冠肺炎疫情的日子里》中，从广大医务人员在这场重大考验面前的英雄壮举中，从无数人在平凡岗位上的默默奉献中，我们看到了伟大的中华民族精神在危难中奋起和升华。

透过记者们的真实记录，我们看到了在预防、遏制和治疗新冠肺炎斗争中，广大医务人员和防疫工作者英勇奋战在疫情防控工作第一线。他们不顾个人安危，逆行出征，敢于担当，救死扶伤，临危不惧，前赴后继，把方便留给别人，把艰难留给自己；把安全留给别人，把危险留给自己；把幸福留给别人，把痛苦留给自己。他们表现出崇高的道德情操、无私的奉献精神和勇于探索、履行职责的优秀品质，用生命践行为人民服务的初心使命，为坚决打赢湖北保卫战、武汉保卫战做出了突出贡献，涌现出一大批可歌可泣的先进人物和先进事迹，折射和弘扬了新时代伟大的民族精神。他们是全国医疗卫生系统的一个缩影，他们是人民健康的卫士，他们无愧为新时代的英雄，无愧为人民的功臣。他们以竭诚的敬业精神和科学求实的工作态度，甚至不惜献出自己的生命，总结出了宝贵的经验，进行了积极的探索，不仅为武汉为湖北为中国，同时也为全人类做出了卓越贡献！

民族精神是一个民族的根和灵魂，是一个民族强大的力量源泉，是一个民族屹立于世界民族之林的旗帜。越是艰难困苦，越是危急关头，越需要弘扬和培育伟大的民族精神。

抗击新冠肺炎疫情是一场没有硝烟的战争。实践证明，一个人的健康成长、一个民族的生存发展、一个国家的繁荣兴旺，都离不开一种强大的精神，这种精神就是坚韧不拔、不屈不挠、愈挫愈勇、愈困愈坚，这就是伟大的中华民族精神。

“我不知道你是谁，我却知道你为了谁。”历经惊涛骇浪的岁月，胜利，我们击掌相庆；历史，我们永远铭记！

我们永远不能忘记。烽火岁月，革命先烈浴血奋战、英勇牺牲，换来了今天的美好生活。疫情之下，英雄逆行出征、不惧风雨、勇挑重担，甚至献出宝贵生命，守护着我们的静好岁月、幸福安宁。

目前，我国抗击新冠肺炎疫情斗争虽然取得了阶段性胜利，但是形势依然严峻。世界并不安宁，我们要赢得这场攻坚战的彻底胜利，必须始终保持高度警惕，必须充分估计其复杂性、艰巨性和反复性。我们坚信，在习近平新时代中国特色社会主义思想的指引下，有党中央、国务院坚强有力的领导，有全国各族人民的团结努力奋斗，依靠科学技术的力量，就一定能够战胜疫魔。

《记者手记——写在抗击新冠肺炎疫情的日子里》的及时出版，献给抗击新冠肺炎疫情前线的白衣战士和新闻工作者。同时，它将有助于广大读者从一个侧面真实了解广大医务工作者抗击新冠肺炎疫情的战斗生活，激励广大医务工作者义无反顾、勇往直前，投入抗击新冠肺炎疫情的斗争。

中华民族是崇尚英雄、成就英雄、英雄辈出的民族，我们要发扬英雄模范人物的精神，从他们身上汲取奋发的力量，共同为推进中国特色社会主义伟大事业、实现中华民族伟大复兴的中国梦而顽强奋斗、艰苦奋斗、不懈奋斗。

目录 Contents

引子 Introduction

他们，都有一个共同的名字——记者

疫情是医护人员的战场，更是新闻记者的战场。抗疫宣传战打响以来，广东广播电视台、广州广播电视台、深圳广播电影电视集团派出12位新闻记者赶赴武汉抗疫一线。他们勇敢而坚韧，运用融媒体、新技术，通过及时、立体、深度的报道践行新闻工作者“四力”，讲述一线故事，传递抗疫力量。

他们，脚下有泥，心中有光。在这场没有硝烟的战斗中，他们记录时代，冲在抗疫最前线，用笔、话筒和镜头，记录英雄，也记录平凡人；记录困境，也记录希望；记录艰辛，也记录幸福；记录汗水，也记录泪水……这，从来不是一个人的战斗，也不是一个人的荣誉，是所有前线后方的共同努力，是所有媒体工作者的责任使命与担当……我们，视他们为挺身而出的英雄；我们，更愿意视他们为平凡的同事，请他们聊聊这段经历中感受最深刻的那一刻！

“前线的医护人员不仅仅是医生和护士，他们更像是病人的家人。有位护士长说的话让我印象深刻——除了救人还要救心，这才是完整的。武汉前线的医护人员让我看到的都是人性温暖的闪光点……内心非常感动！”

“我已经记不太清楚在武汉的这 59 个日日夜夜的工作，因为我觉得自己只是在尽一名记者、一名党员的职责，来到前线就是要战斗。但是我记得最清楚的是在离开武汉的时候，武汉的市民们自发出来送别我们的情景，大家哭着挥着手……这 59 天的收获，是我此生最宝贵的财富。”

“亲眼见到两条生命被挽救，让我明白了一个道理：敬畏生命的人，不会用华丽的辞藻解读生命，却会用行动善待生命。疫情残酷，但世间美好，谁说人间不值得！”

“我在新闻里用‘拼了’来形容这些医护人员，决不能让他们默默无闻。我们传播防疫抗疫一线的感人事迹，同时也被像潮水一般涌来的网友留言所感动，这正是记者工作最好的价值体现。”

“广东医疗队散发出的‘黎明的那道光’，同样也照亮了记者。每当恐惧害怕时，每当困惑无助时，每当疲惫劳累时，想想在一线舍生忘死的医护人员，我们又充满了力量。”

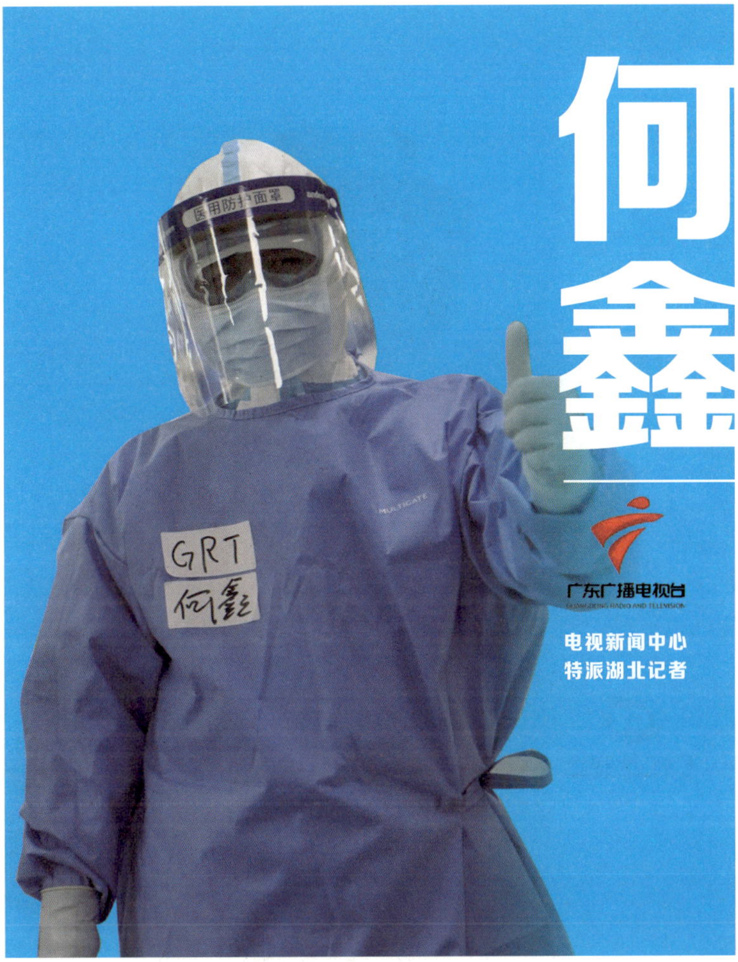

“乐观的守夜人老李、实在的饺子店主老马、勤奋的烧烤店老板小赵……看到疫情下的武汉人依旧努力而坚强地生活着，这个其实比生死来得更直击人心。”

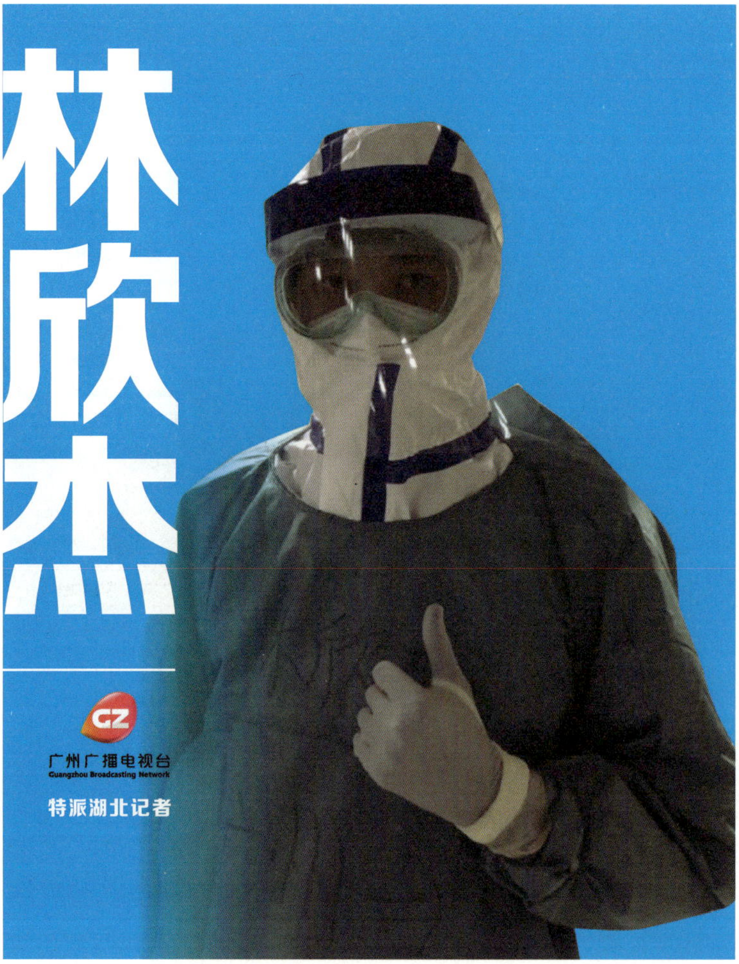

“目睹医护人员分秒必争与病毒较量，他们有恐惧，也很累，但从来不说苦。看着他们护目镜下坚定的眼神、穿着厚重防护服全力以赴的身影，这些画面不断在我的脑海中循环回放，让我感动得流泪，也让我懂得生命的宝贵。”

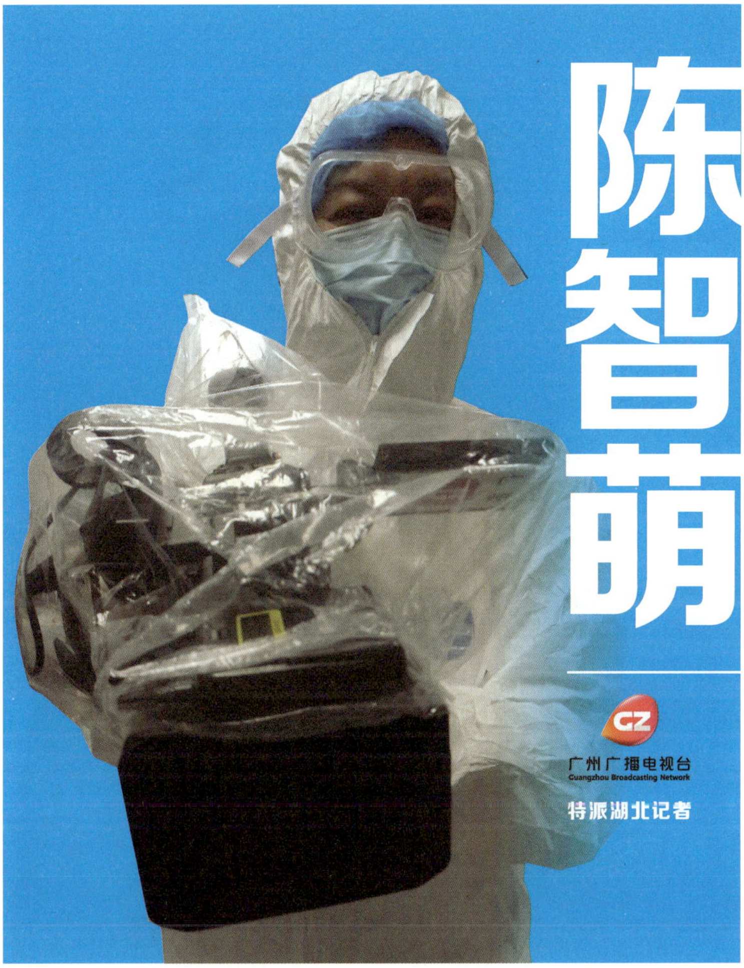

“从出发那一刻开始，每天记录着感人故事，每天也被感动着。他们都是天使，是英雄。看见他们不惧危险地与病魔斗争，我消除了内心的恐惧，全力与天使们同行。去时无畏，回时不舍。铁肩担责，无悔人生。”

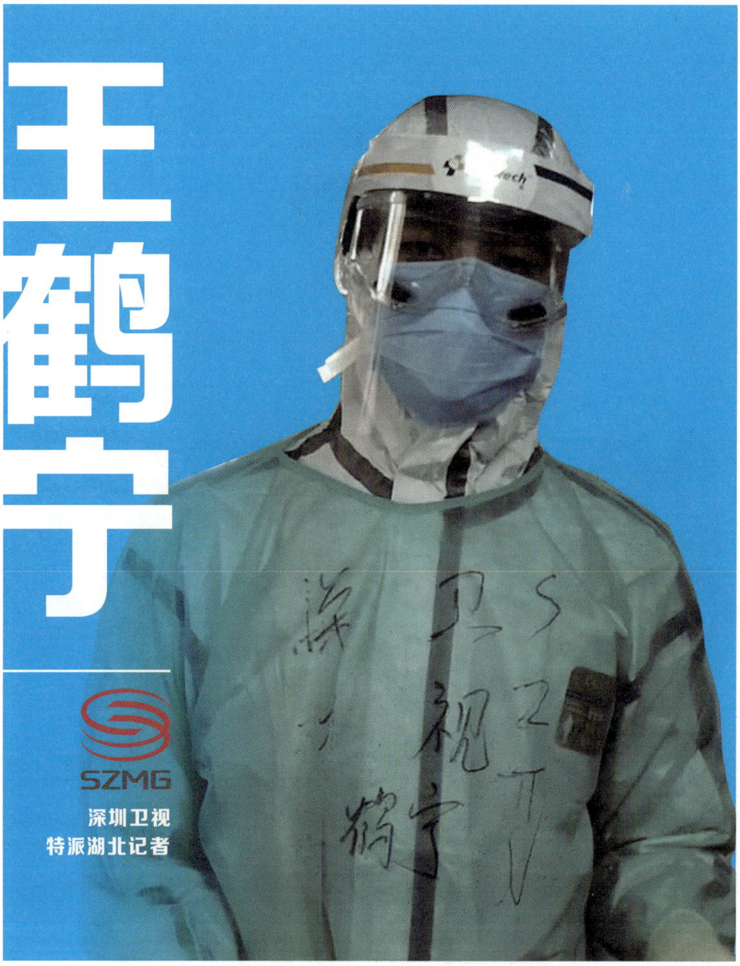

“抗疫期间所记录的每一帧影像都凝聚成一股战胜新冠肺炎疫情的强大力量，而这种力量源于每一个平凡的人所做的不平凡的事。”

“道之所在，虽千万人吾往矣。”

“若有如果，我还会选择逆风前行。”

“我不觉得我是逆行者，作为记者，这就是我该去的方向。”

2020
1 月 24 日 / **星期五**

这是一个难忘的除夕之夜。当万家团圆热热闹闹吃年夜饭时，广东的一批白衣天使却紧急整理行囊，逆向而行，支援湖北省疫情救治工作。

除夕夜，来自广东的我们飞武汉

1 月 24 日晚，首批广东省援助湖北医疗队（简称“广东医疗队”）队员从广州出征前往湖北武汉。同行的还有来自广东广播电视台电视新闻中心的两名记者——黄嘉莉和臧穆。

这 130 名广东医疗队队员所在的科室分别为呼吸科、感染性疾病专科、医院感染管理科、重症医学科、检验科。医生 38 人，其中重症医学科医生 15 人；护士 82 人，其中重症医学科护士 32 人；检验科技师 10 人。

他们来自广州的九家三级甲等综合医院和承担传染病救治任务的传染病专科医院，这些医院均为广东高水平医院重点建设医院，包括广东省人民医院、广东省第二人民医院、中山大学附属第一医院、中山大学孙逸仙纪念医院、中山大学附属第三医院、南方医科大学南方医院、南方医科大学珠江医院、暨南大学附属

第一医院、广州医科大学附属第一医院。他们将连夜飞往湖北武汉，迅速投入新型冠状病毒感染的肺炎的医疗救治。

广东省卫生健康委员会主任段宇飞在机场发言时说，广东医疗队原来在全国组建的三支队伍里是预备队，今天上午的全国电视电话会议上，副省长表态，我们从预备队成为首发队伍，短短的几个小时，就组建成立了100多人的医疗团队和5名媒体记者组成的报道团队。前方的条件很恶劣，困难很多，武汉当地的医护人员已经相当疲惫了。首先需要加强培训，组建临时党支部，正视困难，在保护好自己的前提下，为武汉人民提供最大的帮助。要保护好自己，做到没有一个医护人员受感染，我们期待着大家凯旋！

目前，前方记者和医护人员都已经集结完毕，登上了前往武汉的飞机。

广东广播电视台记者：黄嘉莉 臧穆

为了支援工作，护士剪掉了一头及腰长发

因为头发太长，不好塞进帽子里，中山大学孙逸仙纪念医院全科医学科护士李青为了完成支援工作，剪掉了一头及腰长发。

李青丈夫也很爱惜她的长发，经常开玩笑说：“戴森（电吹风）太贵，就让我做你的戴森吧。”虽然如此，但当天丈夫还是陪她去剪了头发。

加油！你们是最美的逆行者！

广东广播电视台记者：黄嘉莉 臧穆

◎ 前线心声

这是我们分内的事

武汉的状况跟我们当年在广州非常类似，所以说我们小汤山队员的一些防护经验可以借用，这些队员当时最小的17岁，我们算年纪比较大的，对我们来说这是我们分内的事。

第一批广东医疗队领队：郭亚兵

◎ 直击现场

特派记者赴武汉，慈母忍泪告别：我给你做碗饭吃

1 月 24 日，除夕夜，广东广播电视台记者黄嘉莉和臧穆与家人告别后，随同广东医疗队赴武汉进行新闻报道工作。

扫码观看视频

广东广播电视台记者：黄嘉莉 臧穆

2020
1月25日 / 星期六

凌晨1点36分，广东援汉医疗队抵达武汉。经过短暂休息后，他们将立刻投入抗击疫情的战斗。

130名广东医疗队医护人员开始培训

昨晚，在这万家团圆的除夕之夜，130名广东省援助湖北医疗队队员响应国家号召，紧急整理行装，逆向而行出征湖北武汉，支援湖北省疫情救治工作。

广东医疗队于今日大年初一凌晨1点36分抵达武汉。一夜休息后，广东医疗队就马不停蹄召开动员培训大会。

现场 130 多名医护人员参加，其中包括曾经参加 2003 年非典赴小汤山支援医疗队队员。

据悉，广东医疗队将对口援助武汉市汉口医院（简称“汉口医院”）接管武汉市汉口医院两个病区。

这家医院位于武汉市江岸区，是武汉收治新型冠状病毒肺炎患者的定点医院之一。预计医疗队员将于 26 日正式进入医院开展工作。

广东广播电视台记者：黄嘉莉 臧穆

◎ **直击现场**

广东医疗队武汉集中点——竹叶山

竹叶山，距华南海鲜市场约 3 千米，车程约 10 分钟，也算是武汉的市中心区域，如今路上的车辆和行人都是比较少的。

扫码观看视频

广东广播电视台记者：黄嘉莉 臧穆

2020
1月26日 / **星期日**

今天，广东医疗队进入对口援助的汉口医院，在所接管的两个病区开展工作。目前医疗队人数增至133人，首轮值班有15名医护人员，每天安排四班轮换，24小时无缝衔接。他们中有曾经参加过2003年抗击非典的医生和护士。

广东援汉医疗队抵达汉口医院，第一批医护人员正式投入工作

刚刚，驰援武汉新冠肺炎诊治的广东医疗队正式投入病房工作了！3位南方医院医生与2位护士，作为第一班值班队员出征。值得一提的是，2003年曾参加抗击非典的南方医院感染科主任医师郭亚兵、惠侨医疗中心副主任护师李利、肾移植科主管护师史丽莎一同随行。

中山大学附属第三医院（简称“中山三院”）领队周宇麒教授，医院感染管理科（简称“院感科”）何达秋科长、郑小燕护士长、郑丽花护士长都出发了。中山三院的首批队伍成员都是经历过2008年抗震救灾诊治病区建设、援藏援疆的专家们。中山大学孙逸仙纪念医院、广州医科大学附属第一医院等单位的队员也出发了。

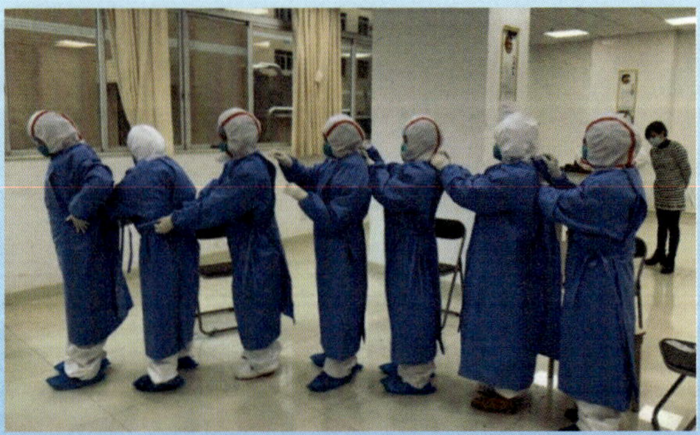

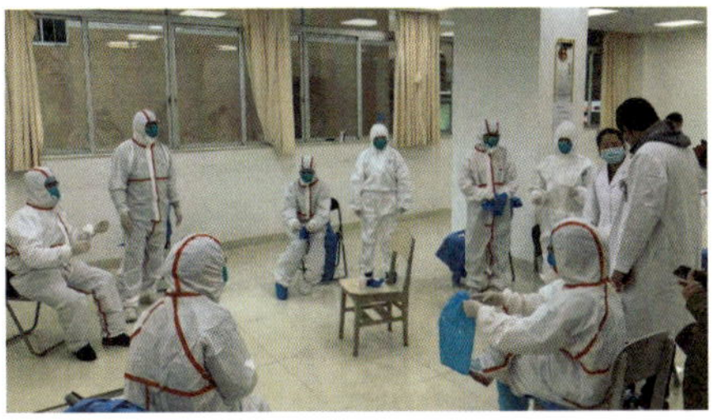

按照安排，今天下午广东医疗队正式进驻援助武汉市汉口医院，接管病房。先接管一个病区，可能后续接管三个病区。目前整个汉口医院已腾空，先一次转入70个暂未确诊的病人。

广东医疗队表示，经过抵达、休整、培训、实操、医院考察、讨论等，全队已经达成共识，全力做好防护与救治，有信心打赢这场仗，还要做到队员零感染。

而在后方，广东医疗队所在酒店中，大家都已经开始了紧张的培训和实操，为下一步的救治工作做准备。

广东广播电视台记者：黄嘉莉 臧穆

◎ 直击现场

广东医疗队即将进入汉口医院隔离病房

早上10点，广东医疗队带上当天所需的医用物资乘大巴抵达武汉市汉口医院，了解情况并为交接工作做准备；此时医院内有工作人员正在进行道路消杀，路上走动的人并不多。武汉市汉口医院表示目前面对的压力非常大。

扫码观看视频

广东广播电视台记者：黄嘉莉 臧穆

2020
1月27日 / 星期一

广东医疗队已投入一线工作，但医院的内部情形不容乐观，临时设置的隔离病区达不到完全隔离的要求，存在病毒扩散的风险，医护用具紧缺也增大了抗击疫情的难度。

整个医院就是一个传染病区，口罩只够再用一天

1月26日，第一批广东医疗队进驻武汉市汉口医院。在出发前，他们已经做好了这将是一场艰难战役的准备，但实际情况远比他们想象的要难。在经历了两天的奋战后，第一批广东医疗队领队郭亚兵在接受记者采访时表示，目前，人手严重不足，医护人员都在超负荷工作。

医院的内部环境也不容乐观。郭亚兵表示，目前医院设置的隔离病区达不到完全隔离的要求，病毒扩散传播的风险较大。

目前，医护用具紧缺的问题亟待解决。郭亚兵坦言，口罩和消毒液等必需品勉强只够再用一天。

据悉，广东省红十字会正紧急募集、调拨物资发往武汉。

广东广播电视台记者：黄嘉莉 臧穆

广东医疗队在武汉怎么开展工作

27 日上午，广东医疗队召开各医院领队及各组负责同志工作例会，部署全天重点工作。全天工作情况如下：

一、临时党支部组织开展谈心谈话，做好医疗队员的思想工作，激励敢打必胜的斗志。

二、组织感染专家和医务人员对汉口医院病区医生工作室、更衣室、缓冲间等场所及医疗废物进行清理和消毒，对防溅防护面罩等物资自行集中清洗消毒，进一步调整优化感染防护措施，严防院内交叉感染。

三、继续分批安排医护人员到汉口医院值班，针对患者病情制订科学治疗方案，尽全力抢救病情恶化的危重症患者，进一步规范交接班工作流程和病历书写要求，安定患者及其家属情绪，立足现有条件积极做好医疗救治工作。

全天共有 16 名医生、60 名护士进入病区开展救治工作。目前，医疗队负责病区共收治 73 名患者，其中 3 名病危患者、55 名病重患者，以病情监测和支持性治疗为主。全天确诊 4 例，其中 1 例死亡、3 例转金银潭医院。

四、医疗队员注重及时总结工作经验，通过画病房草图、互帮互教、推广防护“三分法”等措施，严格做好感染防护工作。

五、安排专业消毒公司对医疗队驻地进行消毒作业，消除内部感染风险。

六、联系热心企业和群众为医疗队提供交通用车、洗衣机和 N95 口罩等急需物资，力所能及解决医疗队面临的工作难题。

七、晚上 7 点 30 分召开医疗队全体人员会议，传达学习上级有关文件精神，宣布委直属机关党委关于成立医疗队临时党委的通知，讲评前期工作情况，进一步鼓舞士气。

八、晚上 9 点召开各领队工作例会，研究解决工作中存在的问题。

广东广播电视台记者：黄嘉莉 臧穆

◎ 前线心声

深刻体会“社会责任”

跟随医疗队抵达武汉的前两天，我们一直没能分配到口罩，只能用自己带来的数量不多的几个。这是我跟同事完全预料不到的，跟着医疗队能缺医用物资？但事实就是如此，因为我们乘飞机前来，能运送的物资重量有限，而对接的汉口医院经过长时间的高负荷运作，物资也所剩无几了。

以前总是以第三方的角度报道爱心捐赠，这次我是报道者，也是接受捐赠者，这才让我更深刻体会到“社会责任”这个词的含义。有些个人和企业甚至不留名，捐赠完就离开了。

广东广播电视台记者：臧穆

◎ 直击现场

武汉群众为广东医疗队送来物资

近日，武汉民众自发采购物资并送到了广东医疗队的驻点。匿名捐赠者非常贴心，物资中有保暖内衣、纸尿裤等用品。

扫码观看视频

广东广播电视台记者：黄嘉莉 臧穆

2020
1月28日 / 星期二

火神山医院位于武汉市蔡甸区知音湖大道，总建筑面积3.39万平方米，开设重症监护病区、重症病区、普通病区，设置感染控制、检验、特诊、放射诊断等辅助科室，不设门诊。火神山医院的投建展现出中国与疫情赛跑的速度。

航拍直击：火神山医院首座板房吊装已完成

参照北京“小汤山”形式建设的武汉火神山医院，正在如火如荼地施工。据了解，为了提高施工效率，项目采用分区域同步施工的模式。昨天首座板房的吊装已经完成，有望于2月5日交付使用。

在武汉火神山医院施工现场，目之所及都是工程车辆和施工工人。据施工单位介绍，目前有超过100台工程车全天开动工作，过千名施工人员以轮班的方式保证24小时开工。火神山医院项目累计平整场地5万平方米，相当于7个足球场大小。

据施工人员介绍，为了加快进度，现在他们采取分区域施工方案。西面推倒树木扩大面积，东面有地块已经搭建了钢筋结构，并进行混凝土浇注。

昨天，火神山医院的第一间板房首个模块吊装已经完成。医院将提供近1300张床位。

据了解，火神山医院由中南建筑设计院临危受命，用12小时完成了设计初稿。目前现场有包括武汉建工、中建三局在内的多家建设单位。

建设单位预计火神山医院将于 2 月 1 日完工，2 月 5 日交付使用。

广东广播电视台记者：黄嘉莉 臧穆

◎ 直击现场

火神山医院建设现场

火神山医院建设用地原来为一片林场，初期的关键工作就是对林地进行平整。目前，平整工作已完成 90%，预计明日完工。

扫码观看视频

广东广播电视台记者：黄嘉莉 臧穆

2020
1月29日 / 星期三

防护物资均到位后，我们首次进入病房采访。那一整套防护服把我们包得严严实实的，身体没有一处露在外面。呼吸喷出的雾气把护目镜变模糊了，穿着这套衣服，我感觉自己又“聋”又“瞎”，我完全无法想象医护人员一整天穿着这套防护服在病房工作有多难受。

进入隔离病区，直面生死时刻

1月29日，武汉，晴。

在病房，抗疫的一线，没有领导和下属之分，医疗队许多医院的专家们，也就是平时你提前一个月也挂不上号那种，在这里天天搞卫生、倒垃圾。因为疫情暴发以来汉口医院的清洁工和保安等很多人员已经顶不住，直接走了，因此医疗队只能自己来做病区的清洁工作。据他们第一天进入病区的回忆，有护士小姑娘直接就被吓哭了，在垃圾岗一样的病房到底要怎么开展工作？隔离病区跟穿防护服的缓冲区之间有扇门，门上还有几条两根手指粗的门缝。“这能算缓冲区吗？隔离区外面同样是污染区吧？”

这就是第一批医护人员进去后心里的疙瘩。幸好医生们还是功力颇深，就地取材把缓冲区改造了一下，用透明胶把门缝贴起来了，后来还重新装了一扇门。然后制定严格的院感控制程序，要求大家必须严格执行。这当中大家公认最喜欢骂人的就是中山大学附属第一医院的领队刘大钺了，他自己也直言要做好医院的工作，说好话没一点用。另一个说自己会骂人的就是南方医科大学珠江医院的领队王华，在第一天带队前往汉口医院值班的路上他就说：“我这几天要骂人了，不骂你们是记不住的。”其实他们就是为了保护进到病房的每一个医护人员和媒体记者。

思绪又回到了眼前的病房，这里的情形着实吓了我一跳：有人在走廊里端着饭盒吃饭，没穿防护服，耳朵上挂着松开的口罩，绝对的“裸奔”。

“他们是？”

“病人的家属。”医生的语气有点无奈。

原来因为陪护人手严重不够，加上病患和家属情绪焦虑，所以无法把家属完全清出病区。他们当中有些防护意识好的会戴上口罩、护目镜，不在病区饮食，但有些就比较随意。让医疗队忧心忡忡的是，这个现象不只汉口医院存在，武汉很多医院都存在。这些探护过病人的家属，最后就会带着身上的病菌走出病房，走到街上，走回社区，走进家里，走到武汉的各个角落。面对还在不断增加的病人数量，医护人员一筹莫展。

突然，一阵急促的喘气声打断了我们的对话。我们快步向病房走去，一名男病人因为呼吸困难，口中发出了尖锐而急促的声音。三四名医护人员正围着他进行急救，旁边还放着几瓶氧气罐。一名医生马上把我们拉开并叮嘱：“别靠太近，这个时候的传染性是最强的。”但病床前的四名医护一个都没后退。

我的眼睛又湿了，我发现我最近变得特别软弱。

广东广播电视台记者：黄嘉莉

湖北菜农捐赠蔬菜给医院：抗击疫情我尽一份力

新型冠状病毒来势汹汹，疫情的蔓延牵动着每个人的心，我们的农民朋友也不例外。湖北荆州的吴明龙是一个家庭农场的负责人，这两天他跟几个农民朋友就在给荆州的医院和小区免费送菜。

1 月 29 日一大早，在荆州市胸科医院食堂门口，一袋袋蔬菜堆放得像座小山，吴明龙跟医院的几位工作人员正在卸货。

吴明龙 1993 年入伍并在部队入党，1996 年退伍之后回到家乡荆州市荆州区李埠镇网新村。他当过小组长，开过出租车，贩过鱼，干过小包工头，

2016 年他在村里流转了 300 亩（约 20 万平方米）地种蔬菜，也有了自己的家庭农场。连日来，新型冠状病毒感染的肺炎疫情暴发，当过兵的吴明龙再也坐不住了。

“很多人都处于危难之中，我想来想去就是捐菜，连夜联系了 15 个女工砍菜，6 个男劳动力帮忙装车，当他们知道这个菜是送到医院的，他们都义务来帮忙。”

为了保证将新鲜的蔬菜第一时间送到目的地，当地农业部门迅速给他

办理了“绿色通行证”。为了让这些新鲜蔬菜顺利进入医院，医院也早早规划好了“进菜”路线，从清洁区直接进入食堂。

吴明龙说，目前不少居民还不能随意走动，经过商量，接下来他们把菜送到了居民小区里，免费发放给小区的住户，为大家提供生活保障。

在送菜的过程中，还有不少人给吴明龙打来电话，联系捐赠的事情，近段时间他们会分批次不间断地给医院和社区送去新鲜的农副产品。

广东广播电视台记者：黄嘉莉 臧穆

◎ 直击现场

深入核心病区：一度呼吸困难，直面挑战

其实，在进入隔离病区前，一线记者都经历了一段特殊的心路历程。进入隔离病区，该如何全面防护？出来后，又有什么感触？

扫码观看视频

广东广播电视台记者：黄嘉莉 臧穆

2020
1月30日 / 星期四

超人也有累的时候。其实，每天面临着工作上和心理上的种种压力，加上对家人的牵挂，医护人员的身心已经非常疲惫，无论是第一次上战场的新兵，还是经验丰富的老兵，都有着无法言表的心情。

医护人员：这一切都值得

我们广东医疗队坚守在武汉一线的医护人员要完成繁重的医护工作，身上的一整套防护服也给他们增添了不少负担，加上抗击疫情的形势严峻，一线医护人员不仅要调整自己的心情，还要安抚病人及家属的情绪，身体上和精神上的压力都是超负荷的。今天我们就带大家直击最前线，看看他们都是如何克服这些问题的。

今天一早，汉口医院广东医疗队的病区里已经非常忙碌了。几乎每个病房都有病人或家属在呼叫护士，她们推着工具车在走廊上奔走，而护士站的呼叫灯仍是响个不停。

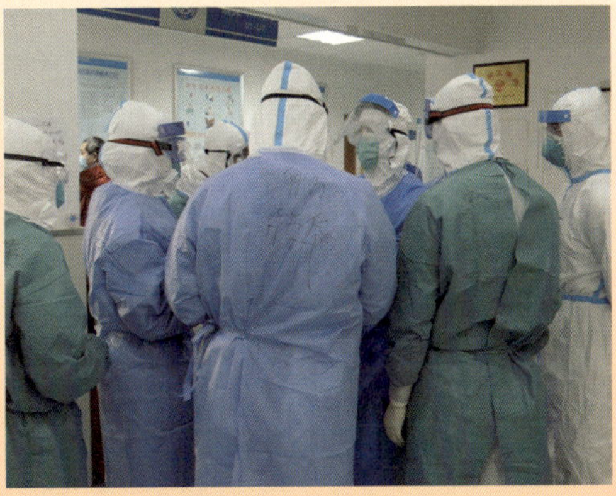

虽然非常忙碌，但护士们总能留意到病人的各种细节，尽量让他们舒适些。只要跟病人说话，护士们马上会放慢语速，耐心解答，尽力缓解他们的焦虑。

在广东医疗队的努力下，目前病区已经井井有条，每天都有序地开展着救护工作。看着这样的情况，患者们也有了很大的信心。

患者的康复就是对医护人员最大的回报，在短短几天的工作里，广东医疗队很多医护人员已经被口罩压伤了口鼻，满脸伤痕，但他们说这一切都值得。

广东广播电视台记者：黄嘉莉 臧穆

广东医疗队广泛使用氧疗，病区死亡率出现首降

经过了多日的奋战，广东医疗队接收的首个武汉市汉口医院病区，部分病人已经出现了好转。目前，广东医疗队在病区里广泛使用氧气疗法，病人的死亡率首度下降。

在广东医疗队接管的汉口医院病区里，收治了近 80 名病人。由于这些病人大部分需要吸氧，医院设备的氧流量不足，不少病人出现喘不过气的情况。

据了解，目前病区危重症病人大概有 50 人。经过多方努力，广东医疗队近日获得了一批制氧机和氧气瓶。

在广泛使用氧疗的治疗实践中，专家组认定高流量氧疗能明显改善危重症病人的症状。

广东广播电视台记者：黄嘉莉 臧穆

◎ 前线心声

愿理解和信任一直都在

昨晚来了一位病危患者，血氧饱和度 47%，团队里有条不紊地予以吸氧、安抚、给药。我负责抽血。嗯，蛮不错嘛，患者四肢浮肿，我戴着双层手套居然也“一针见血”了。经过一番处理后，患者血氧饱和度升到了 92%。嗯！好有成就感哦！

病人无助，我们在。曾经还一度担心就医环境、会不会遭遇伤医行为，还好，没有。愿理解和信任一直都在。

广东省人民医院骨科中心护士：林静璇

◎ 直击现场

再探隔离病房，体验全套防护服

一整套防护服包括什么？内穿一件连体防护衣，外面再加一件防护衣，脸上戴两层口罩加眼罩，手上戴着两双手套，鞋子里面还套着两层鞋套。

扫码观看视频

广东广播电视台记者：黄嘉莉 臧穆

2020
1月31日 / 星期五

在中国传统习俗中，正月初七是“人日”，也就是“人的生日”。“人日”是岭南地区重要的民俗节日，但这个庚子年的“人日”对广东医疗队的队员们来说却不同寻常。

初七“人日”，我们为队友庆生，为守护生命加油

正月初七，又称“人日”，是岭南地区重要的民俗节日。对于广东医疗队队员、ICU（重症加强护理病房）主管护师刘洁静来说，今年的“人日”还有一个特别的意义，那就是她的生日。

为了庆祝这一节日，同时为队员刘洁静庆生，医疗队在武汉驻地酒店里举行了一场特殊的庆生会。

晚上6点，除在汉口医院当值的队员外，其他队员们都在宾馆会议室内忙碌着。他们“删繁就简”，用医院前段时间特意从广州快递到武汉的蛋黄派搭起了一个特别的心形“蛋糕”。

医疗队中有不少人来自广东，或是在广东生活已久，往年都是依岭南民俗来过这个节日，今年来到抗击新型冠状病毒肺炎疫情的一线战场上，队员们对这个日子都有了新的体会。

中山二院第一批医疗队队长、重症医学科内科ICU（南院区）主任王吉文副教授说：“在中国民俗里，‘人日’这一天是所有人类的生日。而在我们医务工作者看来，这个节日更是在告诉我们生命来之不易，要尊重生命、敬畏生命，提醒我们肩负着保卫健康、守护生命的使命。今天，我们用从广州‘娘家’

寄过来的蛋黄派在这里庆祝‘人日’。我们相信，有我们全体院领导班子和全院各科室的鼎力支持，我们一定能早日赢得这场战役的胜利！”

活动中，本是今天生日的刘洁静因为晚上还要值班，只能提前离开。队员们拿起一块蛋黄派，用打火机作蜡烛，拉着刘洁静请她许愿。她闭着眼，笑着说：“祝愿这场疫情早日过去，患者都能恢复健康！”队员们也被刘洁静的笑容感染了，纷纷举起蛋糕许下心愿。今天，远在广州的同事也买了蛋糕在广州医院病房为刘洁静庆祝并送去生日祝福！

“希望大家都能平平安安，祖国繁荣昌盛”“疫情早日结束，我们能早日回家”“敬畏生命，爱护生命”……小小的愿望，寄托着医疗队队员们济世爱人、守护生命的医者仁心。疫情面前，广东医疗队必将鼓足干劲，全力以赴，不负百姓和祖国的期待！

广东广播电视台记者：黄嘉莉 臧穆

◎ 前线心声

我们不是一个人在战斗

抵达武汉后的每一天，我们都处于紧张忙碌的工作状态。今天结束值班回来，我虽然已经精疲力尽，但躺在床上却根本没办法入睡，只要一闭眼脑海里就会出现病房里那一张张患者的脸。

中山大学孙逸仙纪念医院呼吸内科二区护士：刘桂容

◎ 直击现场

凌晨三点的火神山医院工地现场

凌晨的气温已经降至 2~3℃，附近的工人正在铺设排水工程管道和架设污水管道。整个工地大部分路面工程已接近尾声。现场的工人特别多，没有他们就没有火神山医院，就没有火神山的速度。他们也是抗击病毒中的一分子。

扫码观看视频

广东广播电视台记者：臧穆

2020
2月1日 / 星期六

对于每个人来说，面对疫情，只有 0 和 100%，其他都毫无意义。

我们被隔离了，那个几乎无眠的夜晚

虽然只是幻想过，但坏消息还是来了。进入病房后的第二天，我们媒体团有一位记者发烧了，高烧近 39℃。作为密切接触者，我跟我的摄像同事都被要求在房间自我隔离。第一天晚上关了灯，我一直都睡不着，想着如果自己被感染了怎么办，父母和妹子怎么办，自己的抵抗力能否像轻症患者一样撑过去。但一切都没有答案。

黑乎乎的房间像个洞把我包裹在里面，没有从前也没有以后，时间像停止了，永远留在这一刻。在这时候才明白，感染人数、危重症比例、死亡人数、出院人数，其实这些全都只是一个数字。

对于每个人来说，面对疫情，只有 0 和 100%，其他都毫无意义。

广东广播电视台记者：黄嘉莉

2020
2月2日 / 星期日

雷神山与火神山医院即将完工，已经进入接收病患的准备阶段。武汉前线的医疗工作也相应做出调整。两所医院的投入使用为新冠肺炎患者带来新的曙光。

海军军医大学医疗队驰援雷神山及火神山医院，广东医疗队接手 ICU 病人

目前，海军军医大学医疗队已经撤出武汉市汉口医院 ICU，并参与雷神山和火神山医院的准备工作。而广东第二批医疗队，已经接收了部分从 ICU 转过来的病人。

据了解，为了做好武汉火神山和雷神山医院的准备工作并以最快速度开展医疗救治工作，海军军医大学医疗队已于今天早上撤出汉口医院。而原来由海军军医大学医疗队负责的 ICU 的一部分病人由广东医疗队接收。

“因为海军军医大学医疗队要去火神山、雷神山（医院），他们要撤出，我们要逐步把病人接过来，由汉口医院统一调配。因为汉口医院总体收治的病人是比较多的，昨天晚上我们已经收了 6 个，今天上午收了 3 个。如果下午继续有出院病人，我们就继续转，根据床位（来决定），只要有床就往里面转。”第二批广东医疗队队长、中山大学附属第六医院副院长姚麟接受访问时答道。

据了解，ICU 有十几名病人需要转出，由于 ICU 部分硬件设施不足，这些病人将全部转往其他病区。而第一批广东医疗队负责的病区，因全部

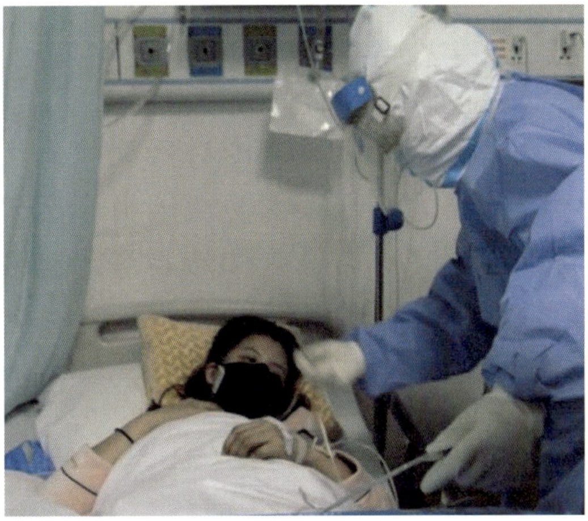

床位已住满，暂时无法接收新病人。

“会根据白天和晚上的不同来排班，现在晚上护士一般是6个（每一班），早上护理任务重一点是10到12个，医生早上多一点是5到6个，晚上一般是3个。”姚麟向我们介绍医护人员值班情况。

广东广播电视台记者：黄嘉莉 臧穆

◎ 前线心声

这个特殊的日子，我在武汉一线

今天是2020年2月2日，这个特殊的日子本是我领证的大喜日子，然而身为准新娘子的我，此时却身在武汉抗疫前线，与疫魔斗争。

我要为患者的早日康复奉献自己的专业力量！

中山大学孙逸仙纪念医院血液内科护师：梁玉婵

2020
2月3日 / **星期一**

火神山新冠肺炎专科医院昨天交付后，今天就要开始接收病人，主要救治确诊患者。记者实地走访病房发现，已经完工的病房，设施非常完备，还配有电视机、洗浴间等。

火神山医院今天开始接收患者

据了解，火神山医院共1000张床位，1月24日动工，整个工程历经10天，约7500名建设者参与。到昨天正式交付，今天开始接收病人。

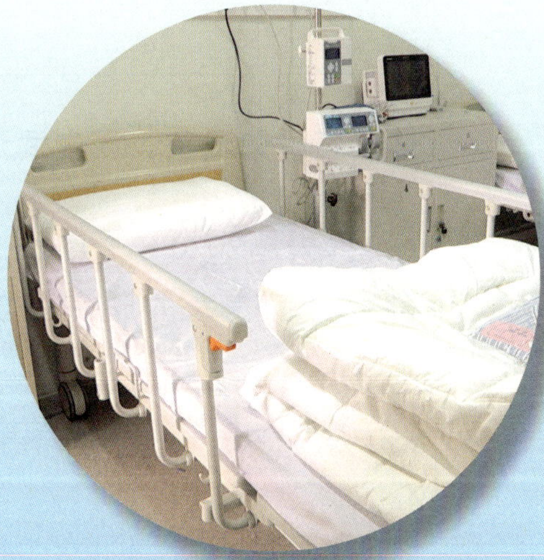

从现场可以看到，病房已配上基本的医疗设备，还放上了给患者使用的病号服。每个病房还配备了传染病房特有的隔离传递舱，用于医疗物资、药品和食品的传递，传递舱内有紫外线消毒系统装置，避免感染。除了医疗设施，病房里还有独立卫生间，卫生间内配有热水器、马桶、洗手池等，还有电视机，对患者非常贴心。

从现场可见，板房已经全数搭建完成，但房内仍有部分装修工作在赶工。现场的施工工人表示，剩下的收尾工程今天就能完工。

据了解，此次军队抽组的1400名医护人员将于今天起承担武汉火神山

新型冠状病毒感染的肺炎专科医院医疗救治任务。该医院主要救治确诊患者，开设重症监护病区、重症病区、普通病区，设置感染控制、检验、特诊、放射诊断等辅助科室。

广东广播电视台记者：臧穆

◎ 直击现场

深入探访火神山医院

火神山医院建设进入收尾阶段，工人们通力合作，加快完成检查工作。

扫码观看视频

广东广播电视台记者：黄嘉莉 臧穆

2020
2月4日 / 星期二

目前，武汉抗疫一线的压力巨大，其中一个难题就是无法完成大量的核酸检测，为病人做新冠肺炎的确诊。因此，对大量疑似病人，只能按照临床的医学判断来进行肺炎相关诊治。

广东实验室将增五倍产能，湖北核酸检测量有望翻一倍

随着疑似病人的流转，检验能力的不足给抑制疫情的进一步扩展带来更大的不确定影响，因此提高检验能力迫在眉睫。而一家广东医疗检测企业，目前就成为湖北检测的主力军之一。该企业位于武汉的实验室正准备把检测能力提高几倍以应对检测需求。

据了解，目前实验室有 12 名持证实验人员三班倒工作，确保 24 小时运作。将收集到的样本经过先后排序，确保最迟不超过 48 小时出检验结果。

由于新冠病毒的检测需要专门的 PCR（基因扩增）实验室，操作人员也需要持有 PCR 实验室上岗证，安全防护级别应达三级防护，因此一般来说实验室也不敢轻易开展该项检测。但面对存在大量疑似病例的严峻情况，只有尽快确诊并对病人进行收治，才能抑制疫情的进一步扩展。

目前，这家实验室每天能处理约 1000 份湖北各地区疾控中心送来的样本，包括武汉、荆州、荆门、孝感等地。根据 1 月 31 日湖北省召开新型冠状病毒肺炎疫情防控工作新闻发布会上通报的情况，目前，湖北省

单日的样本检测能力约 4000 份，也就是说这家广东企业的实验室承接了四分之一的检测量。

广东广播电视台记者：黄嘉莉 臧穆

◎ 前线心声

一切困难都会烟消云散

今早和妻子视频，她说："等你回来的时候，我们 7 个月大的女儿已经会叫你爸爸了。"听到这个消息，心里有着说不出的喜悦！

我们在一线抗击疫情离不开医院大后方的有力支持和各种保障，离不开家属的大力支持！你们辛苦了！

广东省中医院援助湖北医疗队队员：黄超明

◎ 直击现场

广东助力提升核酸检测能力

核酸检测是确诊新冠肺炎的"金标准"，广东如何提前布局，助力湖北抗击疫情？

扫码观看视频

广东广播电视台记者：黄嘉莉

2020
2月5日／星期三

国家援助湖北中医医疗队广东团队在武汉前线传来振奋人心的好消息：在湖北省中西医结合医院，由广东省中医院医疗队负责的病区第一例患者痊愈出院！

广东省中医院医疗队负责的病区第一例患者痊愈出院

在湖北省中西医结合医院，由广东省中医院医疗队负责的病区第一例患者痊愈出院！

能够健康出院，这位年轻的患者喜极而泣，不敢相信在她身上会发生这样的奇迹，她非常感谢医疗队队员给予她的精心救治和关心照顾。

当得知今天是广东省中医院援助湖北医疗队队员谢东平的生日时，她激动地说："听说今天是谢主任的生日，今天也将是我的生日，是我重生的日子！"

该患者是医疗队于1月29日接管隔离病区后的首批入住患者，37岁，因胸闷气短干咳7天入院，CT（计算机层析成像）显示双肺多发感染，活动后轻微喘息，轻度腹泻。从1月30日开始，她严格遵医嘱服用中药，并配合中医八段锦、穴位按压等治疗。经过中西医结合治疗，2月5日，该患者复查CT显示其病灶较前明显吸收（指病变组织得到控制，病情有所好转），自诉无不适，两次核酸检测结果为阴性，身体状况良好，于今日出院。

前线数据显示，从国家援助湖北中医医疗队广东团队接管病区到今天，已经有近50位患者的病情发生明显好转。

广东省中医院援助湖北医疗队临时党支部书记、队长黄东晖表示："有了第一位患者痊愈出院，就会有第二位、第三位……我们有信心早日打赢这场抗疫攻坚战，让武汉恢复往日的繁华热闹！”

我们期待更多好消息！武汉加油！中医加油！我们一定能过关！

广东广播电视台记者：杨雪 周鹏

连续工作多日，终于感觉会瞌睡了

迅速地洗脸刷牙，准备好设备，等着搭档嘉莉来找我，拿上车钥匙，出发前往目的地。现在有车了，方便了很多。这台电动车被我们戏称为“风火轮汽车”。

连续工作了数日，终于在今天两个人同时说感觉会瞌睡了，这就说明身体可能到了一个极限。不过这是一件好事情，起码身体正常了，不会每天担心睡不着——这个才是最可怕的。我自己，最近确实晚睡，不过都是倒头就睡，所以我的睡眠没有问题。

武汉的路上依然少人少车，我的一个同学说 14 日就复工了，我个人觉得还是再等等吧。不要因为多个几天少个几天，让前面的努力都白费了。今天天气又转好了，中午的阳光会让人觉得有些热。去了一个老城区，终于感觉到一些人气。一些戴着口罩的菜农，在街道小市场上摆摊了。没有人大声说话，都是拿了菜付了钱就走。现在的情况下，估计谁都不想去讨价还价了。路边一个交警，一直站在那里，我不是很理解：这么小的街道，为什么在这里安放一个警力，完全没必要啊。后来抬头看到武汉市第五医院的招牌，一切都明白了：一来是维持秩序，二来看病的人还是比较多，来往的很多车辆都是在老城里穿行的。

最后去了湖北中西医结合医院，里面一个病区也是广东接手的。走进去一看，里面收拾得非常干净，各种区域的门也将安全区、缓冲区、污染区分开了。最重要的是有了一个传送窗，这样就避免了外界受到病区的感染。护士们正在不停地拖地，声称这个科室目前是非常安全的，只要戴好帽子、手套，穿好防护服，不去乱摸东西，肯定是没问题的。这家医院里面收治的患者目前也都开始用上了中医疗法，获得很多患者的好评。

广东广播电视台记者：臧穆

◎ 前线心声

只要起来，战斗就开始了

来到武汉已经不记得多少天了，总感觉过得很漫长，可是每天感觉又太快了。一觉醒来，手机微信里最少几百条信息，先打开置顶的粗略看一遍，再眯一会就起床。因为我知道只要起来，战斗就开始了。

广东广播电视台记者：臧穆

◎ 直击现场

“方舱医院”长啥样

目前，第一批轻症患者已陆续抵达武汉国际会展中心“方舱医院”，快跟随广东广播电视台记者进入“方舱医院”，看看医院里的配置吧。

扫码观看视频

广东广播电视台记者：黄嘉莉 臧穆

2020
2月6日 / 星期四

昨天晚上武汉江汉方舱医院已经开始收治新冠肺炎患者。据了解，广东省疾控中心的“硬核”利器——移动P3实验室（可移动式生物安全防护三级实验室）——和广东省第二人民医院应急医疗队均已到位，并已开展工作。

武汉江汉方舱医院昨晚开始收治病人，广东应急医疗队已到位

昨天傍晚，位于武汉国际会展中心的江汉方舱医院接收病人前最后的准备工作正如火如荼地进行着。医院设有1600张床位，晚上7点，医院内各种设施已经基本就位。病床铺上了被褥，由于武汉晚间气温较低，每张床还配有电热毯等生活用具。

目前武汉开设的三所方舱医院分别位于武汉国际会展中心、洪山体育馆和武汉客厅。这三所医院以收治新冠肺炎轻症患者为主，将提供3400张医疗床位。而支援江汉方舱医院的广东省第二人民医院应急医疗队的60名一线人员昨天已经全部到位。据了解，这是一支国家和广东省的应急医疗队，也获得联合国认证，有需要的时候可以驰援其他国家的疫情灾情。

“我们应急医疗队有个特点，根据不同的疫情、不同的灾情有个（不同的）预案，这次是传染病，所以我们带的东西跟传染病相关的多一些，一个是我们常规的DR（直接数字化X射线摄影系统）检验、核酸检测等，

另外还针对疫情带上了防护用品。”广东省第二人民医院应急医疗队领队张刚庆受访时答。

到了晚上10点，江汉方舱医院正式开始收治病人。一辆又一辆公交车载着病人来到医院门口，医护人员穿戴着整套防护服上车，对病人进行逐一登记。完成手续后，病人被分批安排入院。从现场可见，这些轻症病人的精神状态还算可以，基本能带着个人物品自行办理入院。

另外，为了支援江汉方舱医院，广东的移动P3实验室昨天已经抵达武汉国际会展中心。据了解，这一套实验车可谓防控疫情的高科技“硬核”利器，具有机动性、灵活性和安全性等特点，可以在车内开展核酸检测。

广东广播电视台记者：黄嘉莉 臧穆

湖北省中西医结合医院18名新冠肺炎患者治愈出院

今天上午10点，湖北武汉传来好消息：18名新冠肺炎患者治愈出院。此次治疗由中国工程院院士张伯礼牵头，湖北、广东等八家医疗机构参与，采取中西医结合的治疗方案。

据介绍，出院患者中年龄最大67岁，最小23岁；重型1人，普通型17人；住院天数最长18天（重症患者），最短6天。

在今日简短的出院仪式上，病人代表接过院方送出的礼物，高兴地与院方相关负责人以及中央指导组的成员一起合照。大家现场高呼：“武汉加油！”

这次集中出院，是自发生新冠肺炎疫情以来出院人数最多的一次。

中央指导组专家团队介绍，这主要是科技应急攻关、中西医结合防治的成果。

广东广播电视台记者：杨霄 周鹏

◎ 前线心声

记者，记着

这些我们记录下的他们，这些他们记录下的我们，终将骄傲地留在我们的记忆里，温暖、持久、无悔！……致敬我们奋战在抗疫一线的记者同事们！记得，平安归来！

广东广播电视台记者：周鹏

◎ 直击现场

在疫情一线更要锻炼身体

给大家送上一段前几天自己录的小视频，就叫“身在疫情一线，敢与病毒作抗争”。这个病毒最终还是靠自身的免疫力来解决的，所以有的人是重症，有的人是轻症。不管怎么样，提高免疫力，运动一下吧！

扫码观看视频

广东广播电视台记者：臧穆

2020
2月7日 / **星期五**

今天是来武汉的第14天，是个值得记录的日子。至少到目前为止我没有任何不适，依然健健康康。

在武汉，我们是如何工作的

大年三十夜里12点飞抵武汉天河机场，到达酒店安顿好已经是次日凌晨3点。简单休息一下，下午参加培训，第二天就跟随医疗队一同前往汉口医院，对接的是一个重症病区，医护人员立刻上岗并开始轮班。

我们在第三天就进入了病区，直接面对疫情最真实的一面。开始进去时稍微有点紧张，穿防护服小心翼翼，不断地询问医生是否有哪里穿得不对，最后在医生的帮助下，穿过了污染区的大门，医生、病人及病人家属顿时映入眼帘，当时心里还咯噔了一下，但是马上告诉自己，还有防护服的保护，没事的。大概也就几分钟吧，所有的紧张感都消除了，正式开始拍摄工作。医护人员都很忙，因为刚刚接手，要重新整理医务秩序，困难大，任务艰巨，还有很多硬件不达标的棘手情况待处理。从穿好防护服到里面拍摄到脱防护设备及最后消杀，我们一共花去3小时的时间，出来那一瞬间，立刻就感觉到大自然的美好，太阳晒在脸上特别舒服。其实从穿上防护服10分钟后就开始感觉难受，护目镜的雾气很大，整个人感觉像是装在一个不透气的套子里。医生要在里面6小时，护士要在里面4小时，可想而知他们的艰辛。在随后的几天，很多人的鼻梁都磨破了，眼睛泪腺位置都有一个很深的印记。因为防护很重要，谁也不敢大意，直接就在脸上粘创可贴，继续工作。其中很多人都是“90后”，每天上班下班还发一张集体加油的照

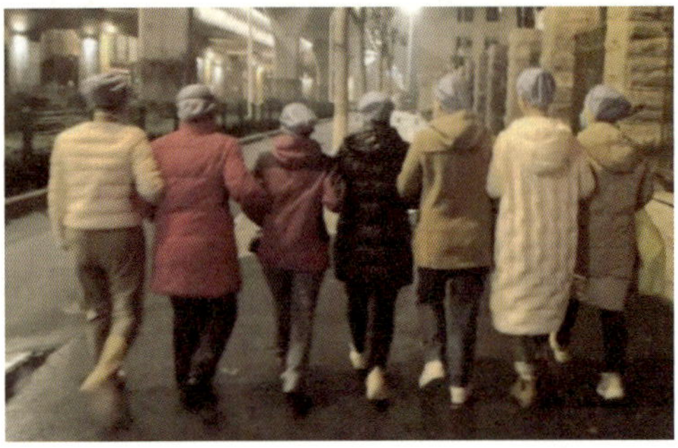

片，就像一群小孩子一样，欢乐得很。或许这也是种激励，给自己鼓劲加油的方式，也挺好的。护士们下班回到酒店很多都会和家人视频一下，报个平安。也有的是关心老人家和孩子的情况。隔壁的男医生经常在洗澡时大声歌唱，各种流行歌曲都来，或许那个洗澡间就是他的世界他做主吧。也有心酸的时候，前几天的早上，我似乎听到有人在卫生间里哭泣，声音不是很大，嘤嘤的啜泣声断断续续地传过来。后来在群里了解到，这是其中一个护士的减压方式，说每天哭几声就好了。

夜访了武汉市汉口医院，大概是凌晨 1 点吧，晚上和白天不同的也就是多了些灯光。本来我是去等医护人员交接班的，但是在医院的门口居然有很多人在那里。病区通道依然有人来来往往，时不时还有救护车呼啸而过。一个中年男人站在自行车旁，望着医院的高楼，凝视了很久，不知道是等待家人下班还是在看 ICU。还有一个骑摩托车的男人，无聊地刷着抖音，腿上盖着棉被，应该也是在等待着谁。还有几辆车没熄火，还开着灯，看不清楚里面的人。没有人说话，我不知道他们在干什么，也不想去问，记录一下吧，用我随手带的 GH5（一款相机）录了下来就回去了。

…………

很晚了，不写了。我好饿，要去吃泡面了。

广东广播电视台记者：臧穆

◎ 前线心声

武汉终会冲破这黑暗，迎来黎明

走出医院，踏上返回驻地的公交车，我轻闭双眼。凌晨的武汉，安静而祥和，夜幕的轻纱撒在脸上，一切显得那么美好，谁又能想到这里是和病毒进行生死较量的主战场？也许武汉正在经历一场劫难，但请放心，我们来了。武汉终会冲破这黑暗，迎来黎明。

汕头大学医学院第一附属医院支援湖北抗疫医疗队队员：徐双

◎ 直击现场

武汉市民自掏路费参建雷神山医院：亲人以为我在家

雷神山医院已经在 2020 年 2 月 6 日开展验收工作并逐步移交，医院整体参照战地医院形式建设。7 日上午，我们在雷神山医院外的路口遇到了参与该医院建设的工人，他们正在进行最后的收尾工作。这些工人没有向我们透露真实姓名，因为怕家人担心，亲戚朋友们都以为他们待在家里。

扫码观看视频

广东广播电视台记者：杨霄　周鹏

2020
2月8日 / 星期六

“今年元夜时，月与灯依旧。”元宵节本是阖家团圆的日子，南方医院在武汉前线战斗着的医护人员无法与家人团聚，只能以视频电话的方式实现这相隔900千米的“团圆”。

我是白衣天使，你是蓝衣卫士

今天是阖家团圆的元宵佳节，但是我们广东医疗队在武汉驰援的一线医护人员就很难有跟家里人团圆的机会了。远在广州的亲人今天给医护队员打来了一通视频电话，让我们一向坚强的医护人员热泪盈眶。

今天早上，广东医疗队驻点的会议室里，南方医科大学南方医院护士史丽莎正通过视频与家人连线，医院领导也一并前来，通过视频慰问抗疫一线的医护人员。

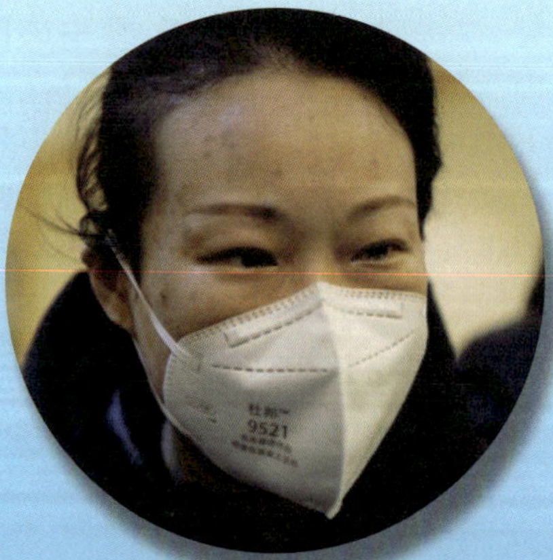

看到分别多日的父母、孩子和丈夫，一向坚强的史丽莎最后还是没收住之前强忍的泪水。

史丽莎告诉我们：“其实说不想是假的，心里特别特别地想，我相信，所有奋

战在一线的医护工作者都很想家里的亲人。”

据了解，史丽莎的丈夫是一名人民警察，因此这段时间夫妻俩都坚守在岗位上，她形容两夫妻就是白衣天使和蓝衣卫士。这段时间以来两名子女只能由史丽莎年迈的父母照顾。女儿还专门给驰援一线的妈妈写了一封信，告诉她不要太累了，希望妈妈快点回来。

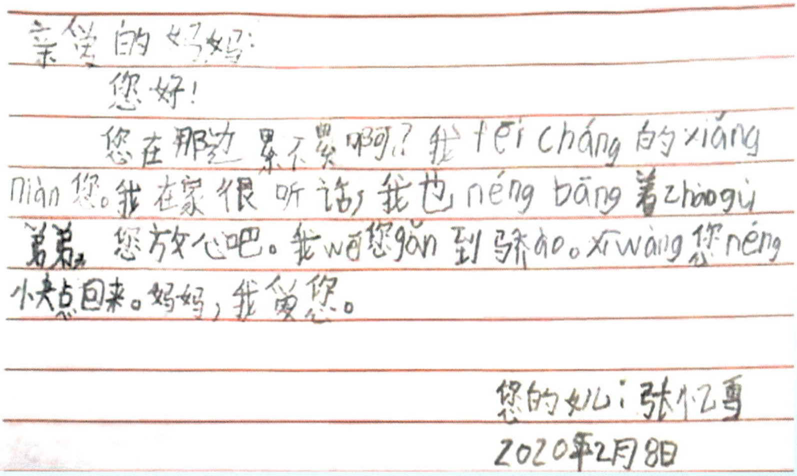

亲爱的妈妈：

您好！

您在那边累不累啊？我fēi cháng的xiǎng niàn您。我在家很听话，我也néng bāng着zhàogù弟弟，您放心吧。我wèi您gǎn到骄ào。xī wàng您néng快点回来。妈妈，我爱您。

您的女儿：张忆勇

2020年2月8日

史丽莎还说：“对我们父母都挺愧疚，因为我们两个小孩都是爸妈带大的，他们付出了很多很多。我们是舍小家顾大家，在国家最困难的时候，我们一定要挺身而出，因为我是一名军人，也是一名党员。”

广东广播电视台记者：臧穆

◎ 直击现场

一碗最甜的汤圆

近日，越来越多的新冠肺炎患者治愈出院，他们的身体恢复得怎么样？他们怎么过今年的元宵节？

扫码观看视频

广东广播电视台记者：杨霄 周鹏

2020
2月9日 / 星期日

“应收尽收，不漏一人。”连日来，中央赴湖北指导组贯彻落实习近平总书记重要指示精神，指导督导湖北省、武汉市刻不容缓依法采取果断措施，不折不扣落实“四类”人员（确诊患者、疑似患者、不能排除感染可能的发热患者、确诊患者的密切接触者）分类集中管理措施。

湖北：确保对患者应收尽收，应治尽治

昨日，比武汉火神山医院床位数更多的雷神山医院正式开始收治病人。广东广播电视台的前方记者周鹏获准进入雷神山医院探访。

雷神山医院内有 2 个重症病区、3 个亚重症病区及 27 个普通病区，共有 1500 张床位。来自广东的黄宗华是建设单位的一名负责人，他介绍，这里所有的重要设备都有后备供电系统，24 小时不断电，病房区域的空气、污水、医疗垃圾等都有专门的处理设施。为让医院能尽快收治病人，建设者们 5 天内就完成了医技楼的基建工作。

黄宗华告诉记者：“在（医技楼）里面我们总共投入建设者 6000 多人，最高峰时期简直是人挨人，所有的工序要在四五天内完成。与建设者们一样，其他岗位人员也是争分夺秒地工作，确保做到万无一失。”

武汉大学中南医院工作人员表示，他们正在进行最后的细致排查，一旦真正投入使用，也要确保百分之百正常运转。

从 5 日晚开始，武汉国际会展中心、洪山体育馆、武汉客厅抢建而

成三个方舱医院，可提供 3400 张床位。目前，已陆续收治 1800 多名患者，进驻了 39 支医疗队 2337 人。其中，武汉客厅方舱医院作为最大的一个方舱医院，7 日晚开始集中收治病人，目前 A、B 厅都已启用，可容纳床位 2000 张。

武汉客厅方舱医院负责人、武汉大学中南医院副院长章军建告诉记者：“让轻症患者得到治疗、观察和隔离，这是一个新的模式，他们（患者）的精神状态较好，他们对我们的环境、流程，我想也是比较满意的，很多患者的情绪是不错的。”

广东广播电视台记者：周鹏 杨霄 黄冉

广东医疗队汉口医院病区一天出院 30 人，创单日人数最多纪录

据了解，汉口医院是我们广东医疗队所负责的病区，二楼、三楼都陆续有病人出院，他们都表示非常感谢我们广东医疗队在这里开展的医疗工作。出院患者刘大爷表示：“广东带队的郭亚兵，还有各个医生都很好，对我们很仔细，护士也很细心，真是感谢她们。”

说起广东医疗队的医护人员们，刘大爷一直乐呵呵地笑着。据了解，大爷今年 75 岁了，有高血压和冠心病。1 月 24 日大年三十，出现发热症状已 12 天的他，晕倒在医院门诊处，被辗转送进了汉口医院。

刘大爷告诉我们：“我当时就想，哪怕万一不行，70 多岁也够本了；但年轻人很可惜，有些 30 多岁、40 多岁的走了。我看到一篇文章，一个

人头一天很好，第二天就死了，所以我很紧张。后来他（郭亚兵）把文章一看，说你不要操这么多的心，这些写的不是都这样，只是有可能但可能性很小。”

怀着长期治疗的预期却提早康复出院的还有武汉市民李阿姨，她轻快地走向前来迎接的家人，表示自己的身体恢复得不错，各项指标都正常，现在就想要跟家人团聚，但回家仍会做好 14 天的自我隔离。

广东医疗队广州医科大学附属第一医院主任医师陈爱兰表示，出现单日大量病人出院，跟我们度过了核酸检测瓶颈期

有关，目前每天能检测的病人数量比较多，病区大部分病人的治疗情况也比较理想。

广东广播电视台记者：黄嘉莉 臧穆

深圳出征，使命必达！首批 13 名深圳医护人员驰援湖北

当前，新冠肺炎阻击战役在全国打响。2 月 9 日，深圳首批 13 名医护人员集结到位，加入广东医疗队驰援疫情发生地。

深圳市支援湖北医疗队由来自深圳市第二人民医院、北京大学深圳医院、深圳市人民医院、华中科技大学协和深圳医院、深圳市中医院等单位的 13 人组成，包括医生 4 名，护士 9 名，这些医护人员主要来自呼吸内科、感染科、重症护理科等科室，其中中共党员 3 名，入党积极分子 2 名，农

工党党员 1 名，来自深圳市第二人民医院重症医学科的副主任孟新科作为医疗队领队。

这批队员覆盖“60 后”到“90 后”，他们当中年龄最大的 51 岁，最小的 27 岁。以下是援助队员名单：

深圳市支援湖北医疗队名单

	姓名	单位	年龄	专业	职业 / 职称
1	孟新科 （队长）	深圳市第二人民医院	51 岁	重症医学科	主任医师 / 科室副主任
2	龙　翔	北京大学深圳医院	42 岁	呼吸内科	副主任医师
3	刘　培	深圳市人民医院	40 岁	呼吸内科	副主任医师
4	李多云	华中科技大学 协和深圳医院	45 岁	感染科	副主任医师
5	侍苏州 （临时 党支部书记）	深圳市第二人民医院	34 岁	重症护理	主管护师
6	戎晓函	深圳市中医院	32 岁	重症护理	主管护师
7	管　骅	深圳市人民医院	42 岁	呼吸内科 护理	主管护师
8	陈文静	北京大学深圳医院	38 岁	重症护理	主管护师
9	胡　荣	北京大学深圳医院	39 岁	呼吸内科 护理	主管护师
10	郑明谜	深圳市人民医院	36 岁	感染科护理	护师
11	李颖芝	深圳市人民医院	31 岁	呼吸内科 护理	护师
12	胡丁玲	深圳市第二人民医院	27 岁	重症护理	护师
13	王　虎	深圳市中医院	30 岁	重症护理	护士

中午 12 点 30 分，在深圳市卫生健康委北门广场举行了简短的欢送仪式。随后，这批队员将出发前往广州，并于下午 4 点前抵达白云机场，和

广东援助湖北应对新冠肺炎疫情医疗队其他队员集合，一同飞往湖北，向国家卫生健康委武汉前线指挥部报到，并接受统一安排。深圳卫视记者靳阳懿、杨阳作为随队记者，一同前往湖北一线。

深圳卫视记者：王鹤宁 杨阳 靳阳懿 天南 鹏超 蕊嘉

来武汉的第五天

上午 8:02，我发了来武汉后的第一条朋友圈：来武汉后，第一次看到蓝天。爸妈已经在电视上看到我在武汉的报道，也没必要藏着掖着了。电话那头，老太太语气里充满了担忧，还是我家老头子淡定："儿子，我支持你！去吧，平安归来。"每逢大事有静气，老头子棒棒哒。

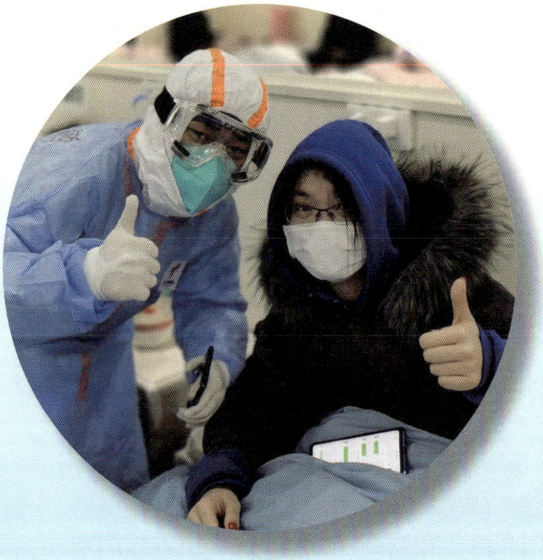

天气转晴，气温回升。我要说的是，这几天遇到的让我的心里暖暖的事。2 月 7 日，首位接受中西医结合治疗的患者出院，她对着医生说，那天是她自己重生的日子。泰伦提乌斯有句名言：有生命，那里便有希望。是的，武汉正在康复，我心里暖暖的。

在雷神山医院建设工地，一位普通的建设者告诉我们，现在武汉没有公交车，每天来工地都是几个人自费拼车，一天要 100 多块。问他为什么这么做，他特别坚决地回答，没有为什么。潜台词像是说：还用问吗？这个时候每个人都应该尽一份力。交流虽短暂，但那一刻，我心里暖暖的。

广东广播电视台记者：周鹏

初访雷神山

2 月 8 日，比武汉火神山医院床位数更多的雷神山医院正式收治病人。医院内共有 32 个病区，1500 张床位。2 月 9 日上午我和同事周鹏获准进入雷神山医院采访。

雷神山医院内有 2 个重症病区、3 个亚重症病区及 27 个普通病区。除重症病区外，病房均为两人间。我们首先来到雷神山医院的核心——医技楼。说是楼，其实只有一层，手术室、CT 室、生化检验室等重要房间都在医技楼里。在现场我们碰到了来自广东的黄宗华，他是建设单位的一名负责人，1 月底的时候他还在休假，接到任务后第一时间从国外赶回来参与雷神山医院的建设。为了让雷神山医院能尽快收治病人，建设者们 5 天内就完成了医技楼的基建工作。黄宗华介绍，这里所有的重要设备都有后备供电

系统，24 小时不断电，病房区域的空气、污水、医疗垃圾等都有专门的处理设施。我边听边感叹，仅仅十多天时间，一座传染病医院就这样拔地而起。黄宗华笑着说："对，我们就是'基建狂魔'。"

我想起之前在雷神山医院门口遇到的一位普通建设者，他姓杨，是武汉本地人，听说建医院需要工人，他就主动过来帮忙，当时武汉的所有公共交通已经停运，他每天花 600 元包车从武汉市区过来雷神山医院的工地干活。当时我问这位杨先生："能告诉我你的全名吗？"但他说家人不知道他出来干活，怕家人朋友担心，就不说全名了。然后我又问他："是什么原因促使你自己贴钱出来帮忙？"杨先生只是简单回答："没有什么原因。"或许是因为他内敛不懂表达，也或许是因为他真没多想什么，单纯是为了出来贡献一份力量。也正是因为有这些简单、纯粹而又充满热血的建设者，我们才能看到奇迹般的雷神山医院。

广东广播电视台记者：杨霄

◎ 前线心声

武汉的两所医学院培养了我

武汉的两所医学院培养了我，武汉大学中南医院和华中科技大学同济医学院附属同济医院对我进行过专业培训，我的同学、老师都在武汉，我应该为培养过我的母校、医院以及武汉人民做出一点贡献。

北京大学深圳医院呼吸内科副主任医师：龙翔

◎ 直击现场

应收尽收，记者探营方舱医院

现在在湖北，收治病人是头等大事，刻不容缓。今天将会有很多的轻度患者送到洪山体育馆方舱医院。

扫码观看视频

广东广播电视台记者：周鹏 杨霄

2020
2月10日 / **星期一**

跟随着镜头，我们来到了现场，看见了生命线上的赛跑和战斗，看见了期盼和希望。他们同样是逆行者，涉险而行，为我们带来真实的影像；他们是记者，为我们记录抗疫的日子，也让我们记着他们的名字！

逆行者，同路人

方舱医院不比隔离病房，去医院隔离病房采访，医生会仔细帮我们检查防护服是否穿着正确、规范，但在方舱医院，穿着防护服只能靠自己。

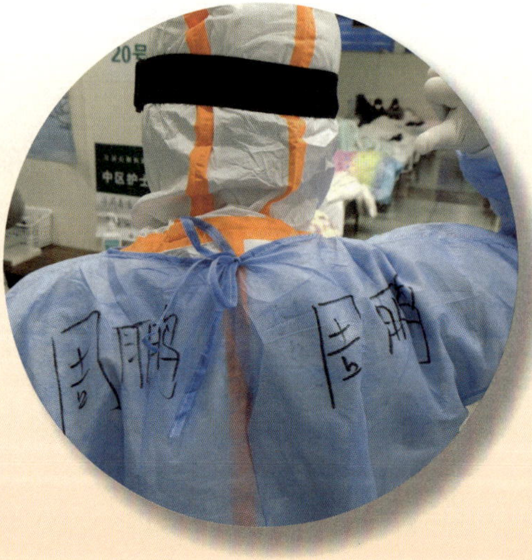

我和同事杨霄相互打气，因为我们知道，外界对方舱医院内部有很多臆想、猜测，我们要用镜头记录，靠事实说话。况且，争取来的采访机会太不容易，多少家媒体被拒之门外，怎能不珍惜。

进入方舱医院前，我和杨霄经历了省、市、区三级宣传主管部门以及公安部门的身份核查，经过两小时的等待（穿着防护服），终于进入“红区”。

来之前，我们查了很多资料，网上有人说方舱医院设施不齐备、秩序乱、晚上温度低病人无法入睡等。真是这样吗？将近四小时的采访，我看到了：

有阿姨在跳健身操；有患者跟老公开玩笑说这里饭菜太好，问他要不要也来住几天；有患者为医生的辛苦感动落泪；有患者和医生互加微信成了朋友。是的，这是我看到的真实的方舱医院。稿件顺利发出后，我很自豪，不是为有勇气进入方舱医院而自豪，而是为能为公众传递真实可靠的信息而自豪。

广东广播电视台记者：周鹏

记者，记着

我和周鹏进入武汉江汉方舱医院采访。

我问了许多患者：“你康复后最想做什么？”

最多人说的居然是“想去吃火锅和烧烤”。

那个瞬间，我感觉自己就是在和一个普通感冒发烧的病人聊天。但身上的防护服把我拉回了现实。

穿上厚重的防护服进去时其实并不害怕，真的让我有些忐忑的是采访拍摄完成后出来的那一下，因为身上所有外表面都已经被污染，脱防护服的注意事项一大堆，随便哪一步没做好，就有感染的风险。

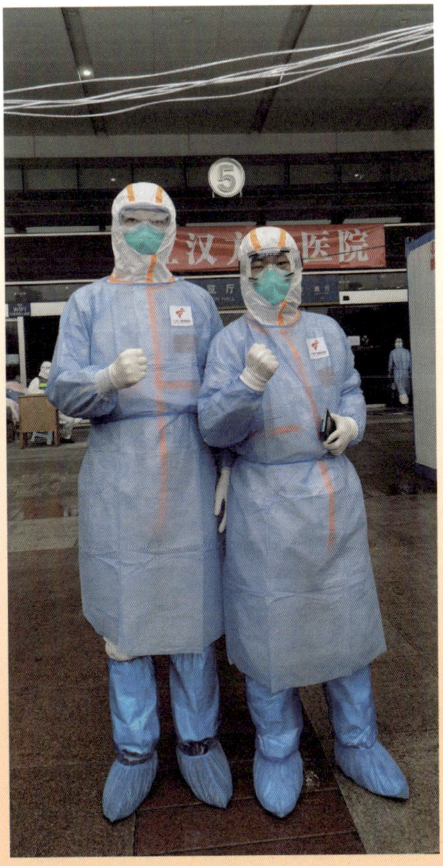

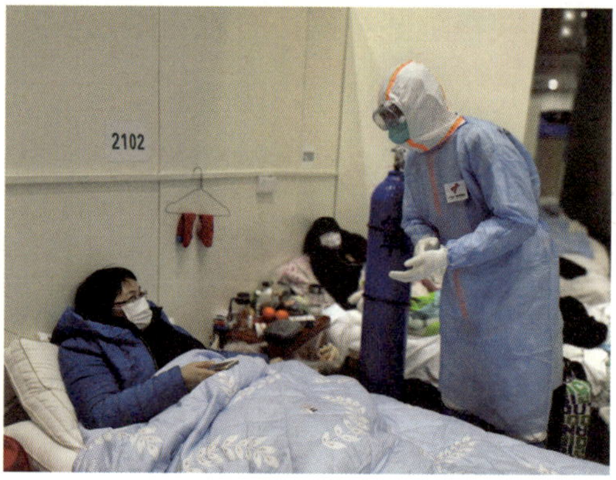

听说我要出去脱防护服，方舱医院里的广东医疗队队员孙鸿涛医生非常关心。他把我带到出口的门口，拿起酒精喷壶把我从头到脚喷了个遍，又把脱防护服时要注意的细节再强调一遍才离开。

这里有太多需要记住的人，但疫情之下，我只能看见他们的眼睛，和衣服上的名字。待春暖花开时，我们一定要摘下口罩好好聚聚。

广东广播电视台记者：杨霄

中山大学262人的医疗队接手武汉协和医院重症病区工作

据了解，中山大学支援武汉医疗队，是人数最多的一支队伍。目前他们已经在武汉驻点安顿下来，并于到达的第二天下午（2月8日）开展医护工作。这支医疗队成员主要来自中山一院和中山二院的呼吸科、传染科等相关科室，负责武汉协和医院重症病区的医护工作。

今天（2月10日）早上，在医疗队的驻点酒店，各医院领队、后勤保障等负责人等正紧急开会商讨工作安排。护士们也在分批进行上岗的培训和谈话。护士沈红润，昨天早上已经站了第一班岗。

沈红润说自己是湖北随州人，得知有援助武汉的任务她就马上报了名。随州的疫情也非常严峻，她十分忧心家中的父母，但仍坚守着医疗队的工作。

目前医疗队已接手协和医院西区一个重症病区的工作。队里还有 3 名医生和 50 名护士支援协和医院另一个重症病区。中山大学支援武汉医疗队临时党委书记许可慰表示，对队伍的医疗实力很有信心，但绝不能忽略一线医护人员的心理健康。

另外，由于医疗队驻点位于武汉郊区，距离武汉协和医院近 30 千米，目前只能靠临时召集的公交车接送医护人员上下班，交通十分不便。

广东广播电视台记者：黄嘉莉 臧穆

深圳医疗队进驻武汉，全员备战支援方舱医院

昨晚，由 13 名医护人员组成的深圳医疗队抵达武汉，驻扎于汉口江汉区的金银湖附近。按照统一安排，深圳派出的支援力量归属于广东省第三批援鄂医疗队。10 日，医疗队员们进行了密集的集中培训，各项准备工作正有条不紊地展开。计划于 11 日正式进驻方舱医院。

今天一早，深圳医疗队队员们吃完早餐后便迅速投入工作。在正式进驻方舱医院之前，他们还有清洁分区、物品归置、物资清点等一系列前期准备工作需要完成。

上午 11 点，广东省第三批援鄂医疗队邀请先期驰援武汉并且接管汉口医院和其他方舱医院的代表做了经验交流分享，并对 308 名来自广东省各地的医护人员就防护服穿脱、医院病患的集中收治管理等方面进行集中培训。

行装物资到位后，深圳医护人员又快速忙碌起来，首先就是完成驻地内的清洁和物品归置，建立防护物资目录、使用结余计划等。

深圳医疗队由 4 名医生和 9 名护士组成，工作地点位于江汉区湖北省委党校的方舱医院。这里主要接收新冠肺炎轻症患者，设有 1000 张床位，深圳将和惠州、东莞等 5 个医疗队组成一个医疗组，负责超过 300 张床位。医生工作 6 小时一个班。

深圳卫视记者：杨阳 靳阳懿 天南 鹏超 蕊嘉

◎ 直击现场

没有从天而降的英雄，只有挺身而出的凡人

记者从这头走向那头，战“疫”现场从那头传向这头，希望真相来得及时，希望爱心能够延续……

扫码观看视频

广东广播电视台记者：周鹏 黄嘉莉 臧穆

2020
2月11日 / 星期二

今天是深圳首批援鄂医疗队进驻武汉的第二天。经过两天的培训和准备，广东省医疗队首批20名队员很快将进驻当地的方舱医院。

广东医疗队即将进驻，深圳医护人员全力准备

今天是深圳首批援鄂医疗队进驻武汉的第二天。经过两天的培训和准备，广东省医疗队首批20名队员很快将进驻当地的方舱医院，而作为深圳医护人员的“第一棒”，来自华中科技大学协和深圳医院感染科的副主任医师李多云这两天都在做准备。因为物资紧缺，当地只有手术衣和隔离衣，其他必备物品都需要自己带上。她必须一遍遍认真清点，避免遗漏。

李多云之所以会成为进驻方舱医院的首名医师，主要是因为在这两天的培训中，她表现得很细心，培训成绩较为优秀。

目前，当地的方舱医院急需人手，原有的医护人员已经全部调走，空缺由广东省第三批医疗队队员填充。

深圳卫视记者：杨阳 靳阳懿 天南 鹏超 蕊嘉

◎ 直击现场

妈妈的唠叨是什么

“90 后”记者杨阳，这次是瞒着父母去的武汉。他上一次瞒着家人出远门，是 2016 年跟随“雪龙号”去北极拍摄。这次去疫情一线，面对的危险更多、任务更重，他在去武汉的车上才敢打电话回家，妈妈的担心和唠叨自然也更多了。他如何让父母悬着的心慢慢放下？

扫码观看视频

深圳卫视记者：靳阳懿 杨阳

2020
2月12日 / **星期三**

特殊时期，一张小小的A4纸，就代表了医疗队在前方临时指挥部的“挂牌”成立。

武汉方舱医院外，一张A4纸见证深圳医疗队的“新家”

今天下午，在武汉客厅方舱医院外围，广东省第十一批援鄂医疗队临时办公室挂牌成立。

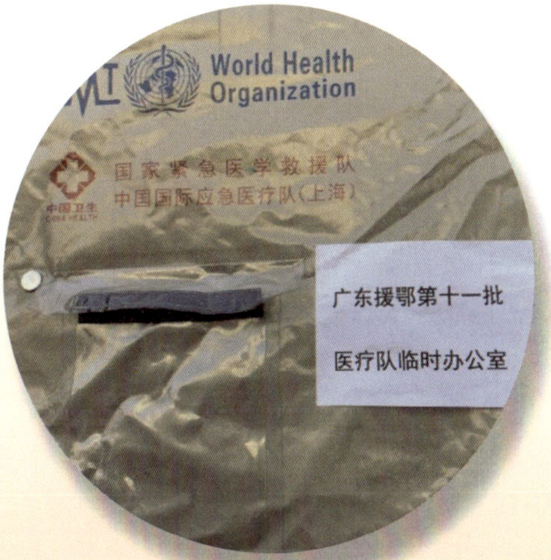

广东省第十一批援鄂医疗队队长向镜芬告诉深圳卫视特派记者：“临时指挥部今天正式成立，将是在鄂广东队308名成员的家，在入舱前作为医疗队队员办公和休息的重要场所。”

据介绍，武汉客厅方舱医院设有总指挥部。同时，各省医疗队设立了分指挥部。目前，已有不少分指挥部医疗队进驻办公。

在广东省第十一批援鄂医疗队临时办公室6号帐篷，前方记者了解到，为保障夜晚的温度，这里还特别配备了暖风机。今天晚上，广东队部分队员就将进入办公室，熟悉各项日常办公工作。

虽然办公条件看起来略显简陋，但消毒的标准可丝毫没有降低。自动化的洗手池、不断供的消毒液，为医护人员提供安全保障。

据了解，广东省援鄂医疗队医疗组的94名医生在武汉客厅方舱医院的初步工作安排已经明确：54 名医生负责 A 舱，40 名医生负责 C 舱。

深圳卫视记者：杨阳 靳阳懿 天南 鹏超 蕊嘉

回来我要吃海鲜泡面

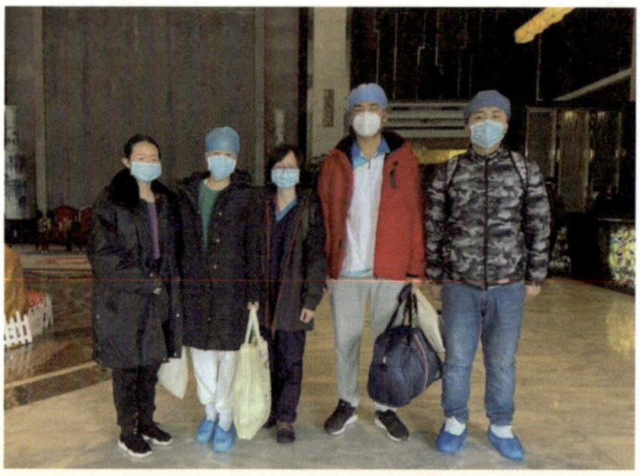

"回来我要吃海鲜泡面！"

深圳市人民医院感染科护理护师郑明谜，是此次深圳医疗队首位进入方舱医院正式开展工作的队员。预计晚上 8 点，华中科技大学协和深圳医院感染科副主任医师李多云将作为医疗组首位队员进入方舱医院。

出发前，郑明谜在工作鞋上写下"谜加油！"，为自己加油鼓劲。

上午 11 点半左右，郑明谜准备出发，队友齐聚房间门口为她加油："等你回来请你吃方便面！"

"我要海鲜味的！"

郑明谜在接受采访时说，此次首批 5 名护理人员将入驻武汉客厅方舱医院的 C 舱，目前那里护理人员缺口有 100 多人。

深圳卫视记者：杨阳 靳阳懿 天南 鹏超 蕊嘉

泪目！誓言不迟到，抗疫战场上的“婚礼”

在疫情席卷全国，特别是给湖北省带来重大威胁的时候，各地医务人员踊跃报名，积极听从党的号召，以人民群众的生命安危为重，开赴战“疫”一线支援医疗工作。他们舍小家、顾大家，有的人离开了年幼的孩子，有的人离开了年迈的父母，还有人离开了就要与之步入婚姻殿堂的未婚夫。疫情暂时阻隔了我们相聚，但却无法阻断我们的亲情和爱情。2月12日晚上，在广州中医药大学第一附属医院赴湖北援助国家医疗队的驻地，一对新人如期举行了一场特别的“婚礼”。

唐杏杏是广州中医药大学第一附属医院赴湖北援助国家医疗队的一名护士。1月27日，年初三，杏杏跟随医疗队抵达武汉后，才把事情告诉家人。

杏杏的未婚夫刘磊告诉我们：“27日早上，她那天是瞒着我走的，她前一天晚上和她们护士长联系好了，等我回去的时候她已经收拾好行李了，第二天清早起来，她人已经走出门了，我以为是去上班，结果10点多她和我说她去了武汉那边。”

刘磊今年27岁，是广州中医药大学附属第一医院总务科的一名电工。保障医院的空调系统平稳运行，检查和维护全院的电路系统安全是他的职责。2月12日应该是刘磊人生中一个非常重要的日子，他和唐杏杏的婚礼原本安排在这天举行。

2月12日，这是唐杏杏援助武汉的第17天，工作依然繁重和忙碌。傍晚6点，刚下班的杏杏接到通知，医疗队今晚有“重要会议”。与此同时，刘磊也有重要的事情……

杏杏吃完饭，抽空赶紧给家人报平安。晚上8点，杏杏赶到医疗队开会现场，刘磊在大家的帮助下，通过视频远程向唐杳杳求婚。

这是一场距离遥远的求婚，疫情让他们相隔千里，但却分隔不开他们的心。衷心祝福这对新人！刘磊告诉我们："想让她开心一下，毕竟今天是我们的结婚纪念日，哪怕是两个人没有结婚，推迟到以后了，今天也还是我们的结婚纪念日，想给她一个惊喜。虽然今天举办不了婚礼，向她求婚也可以。"

在全民参与抗击疫情的同时，我们也见证了许多感人的情景，让我们再次明白：无论身处何地，只要心连心、手牵手，这场战役，我们一定能赢！相信这无疑是给这对新人最好的贺礼。

广东广播电视台记者：黄嘉莉 臧穆 陈宇明 姚耸君 李冉

武汉手记，一次愉快购物体验

从来没有想过逛超市可以开心到如此程度，特殊时期造就了不一样的感受。

要说这种感觉，曾经也是有的，那大概是在 2000 年，这种大型货仓式超级市场刚刚登陆中国。从进门开始，琳琅满目的商品一眼望不到头，各式各样的分类摆放一目了然，瞬间激发你的消费欲，让你乖乖地掏钱包。

当下的中国物流太发达，足不出户就可以搞定一切。逛超市可能是多数人的一种周末休闲方式，老人孩子一家子，走走看看，实体购物体验也是必不可少的。

就我自己来说，已经很久没去过这样的超级市场，首先是觉得太吵，再就是会不自觉地买很多可能用不上的东西。来到武汉已经是第 18 天了，每天都安静得可怕，这么大的一个城市，好像人都不见了，可是晚上住宅区里每家都亮着灯。

人终究是个社会化的动物，公共秩序规范只是一个社会进步的体现，当这个社会脱离了人这个主体，一切都开始变得不正常了。短短的 18 天，我很想听到酒店门口汽车高速飞过的噪声，也很想看到街道上人来人往的场景。然而一切都没有，到处都很安静，零星的人遇见了，都是戴着口罩低头走过，不会再说一句话。我甚至奢望过，什么时候我才能听到热干面和小龙虾的叫卖声，结果目前的状况是连招牌都看不到了，因为商店全部关门停业。

静，静得可怕，人在极度安静的环境里撑不了多久就会崩溃。希望这场疫情早点结束，社会活动回归正常，欢声笑语、车水马龙、热闹非凡、门庭若市，再也不会嫌弃他们吵闹，因为这才是正常的一种生活状态。武汉加油！中国加油！

广东广播电视台记者：臧穆

◎ 直击现场

今日武汉，阳光正好

今日武汉，阳光正好。在湖北，在武汉，每一位逆行者都是一束光，射穿阴霾，暖在每个人的心间。

扫码观看视频

深圳卫视记者：杨阳 靳阳懿

2020
2月13日 / 星期四

今天天气很冷，又一批广东医疗队奔赴支援武汉。而已进入武汉方舱医院的每个医生负责90个病人，入舱回来后医务人员觉得最“香”的味道就是酒精的味道。

天很冷，我们选择用镜头记录温暖

2月13日下午，我们跟随广东医疗队登上前往武汉的航班。医务人员低头各自填写信息登记表，他们的目的地是武汉各个重症病区。从收到召集通知到登上飞机，大约只经过了20小时的时间。我身旁一位23岁的护士说，只是想做应该做的事，毫不犹豫。看着她稚嫩的脸，我想起了一句话：“哪有什么白衣天使，不过是一群孩子换了一身衣服，学着前辈的样子，救治病人，和死神抢人罢了……”而我们需要用镜头记录这些温暖，这些温暖也需要被看见。

机舱里的广播，也在为选择逆风前行的白衣天使不停打气，“武汉加油！中国加油！”，温暖人心。

傍晚，飞机抵达武汉，媒体小分队转车前往荆州。天气冷，疫情之下这里显得更冷清。曾经车水马龙的城市仿佛被按下暂停键。高速路上没有车，路灯也基本熄了。低温让车窗结起了一层厚厚的水珠，什么都看不清，让黑夜充满未知。挺应景的，此刻的心情。

深夜，终于抵达酒店，几位服务员热了饭菜等着我们。那一刻眼眶泛红，我们只是陌生人，却得到如家人般的对待。也许医疗队的到来，让他们看到了希望，让他们在寒冷中感到了温暖。深夜荆州，寒风凛冽，躲在被窝都瑟瑟发抖。相信过不了多久，这里会春暖花开，温暖得让人热泪盈眶。

广州广播电视台记者：林欣杰 陈智萌

凌晨 4 点从方舱医院回来，医护人员觉得最“香”的味道竟然是……

昨晚到今晨，深圳医疗队一名护士、两名医生先后到武汉客厅方舱医院内工作。凌晨 4 点，首批进入方舱医院的深圳医疗队队员回到驻地。他们说，回来后最“香”的味道就是酒精的味道，最想吃的就是热乎乎的方便面。

凌晨 2 点，在方舱医院内工作了 6 小时之后，深圳医生李多云回到驻地酒店。

因为长时间佩戴防护口罩，李多云医生的脸被勒出几条深深的印子。

护理组的护士郑明谜，昨晚 9 点半回到驻地。每个护士大概要护理 42 个病人，由于方舱医院的生活配套设施很齐全，病人的状态也不错。

来自深圳市第二人民医院的医生孟新科，在今天凌晨 2 点进入方舱医院，工作到早晨 8 点。

深圳卫视记者：靳阳懿 杨阳

◎ 前线心声

找出重症病人是我们的职责之一

A 区病人，基本上都是普通型的病人。一旦发现是重症病人，就要马上转到上级医院去住院，我们的职责之一就是要把这些重症病人辨别出来。

所以说我们的工作除了要辨别出这些重症病人，还需要为病人做心理疏导。目前那两个病人经过疏导以后，也就安心去睡觉了。

华中科技大学协和深圳医院感染科副主任医师：李多云

◎ 直击现场

物资仍紧张！广东援荆护士主动延长 50% 工作时间

今天下午，支援湖北荆州的广东医疗队开始接手对重症病人的救治工作。记者在现场了解到，当地的防护物资依然比较紧张，为了节省物资，我们的护士主动将自己在病房内的工作时间延长了 50%。

扫码观看视频

广东广播电视台记者：杨霄 周鹏

入荆记

从这里出发，寻找记者该去的方向。

扫码观看视频

广州广播电视台记者：林欣杰 陈智萌

2020
2月14日 / **星期五**

2月14日，在这个原本属于两个人的节日里，他们将爱分享给了更多的人。

抗疫路上，我们永不独行

2月14日，在荆州的第一个早上，8点被冻醒。住在荆州高铁站对面，昨晚还担心会让呼啸而过的列车叫醒，看来是我多虑了。因为疫情，荆州变安静了。原本热闹的高铁站封闭了，隔壁枢纽客运站也停运了，宽广的马路上没有人，也没车流，与昨夜过来时一样冷清。

广东支援湖北荆州的前方指挥部就在驻地酒店三楼，一位医生告诉我，大家每天只休息4小时，都在争分夺秒研判疫情，盼望早日取得战

“疫”的胜利。现场的总指挥也是千叮咛万嘱咐要戴口罩、勤洗手。在这里，病毒传播能力超乎想象，心里难免忐忑不安。今天同事转发了一封五年级小观众的来信，信中问道：逆行而上，难道您不怕吗？我想告诉他：怕，当然怕，但逆着流，迎着浪，勇气将会战胜恐惧。疫情当前，前方有医务人员在负重前行，与疫情抗争；身边有很多媒体人和我一起并肩作战；后方有与我一起奋战的同事，做我坚强的后盾。我也想告诉家里人，我在荆州很好！

深夜，广东第三批医疗队抵达荆州的前方指挥部，又一批白衣天使冲上前线。抗疫路上，我们永不独行。

广州广播电视台记者：林欣杰 陈智萌

广东医疗队进入荆州 10 家医院 ICU，全力救治重症

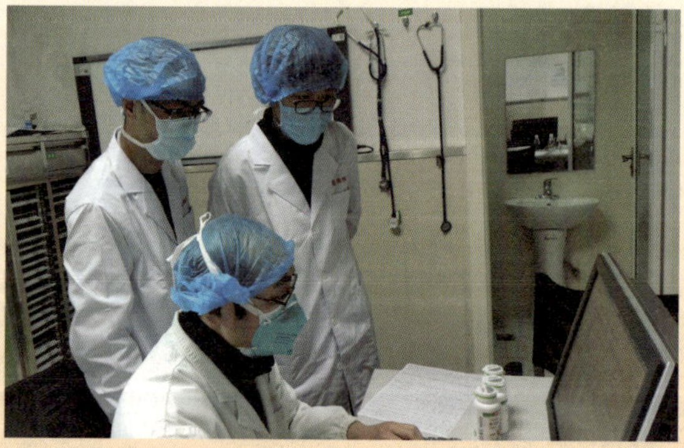

广东援助湖北荆州的前两批医疗队 322 名队员已进驻荆州全市 10 家医疗机构，包括 2 家市级医院、8 家县级医院。这是荆州全市重症、危重症患者最多的定点医院。

广东援鄂第一、第二批医疗队全体医护人员 322 人已经进入这 10 家医院的隔离病房、ICU 或者完全接管 ICU，首批收治新冠肺炎危重症 23 人、重症 38 人。以疫情较重的洪湖市、石首市、监利县为例，14 名南方医院队员进入了洪湖市人民医院感染科，巡查 ICU。

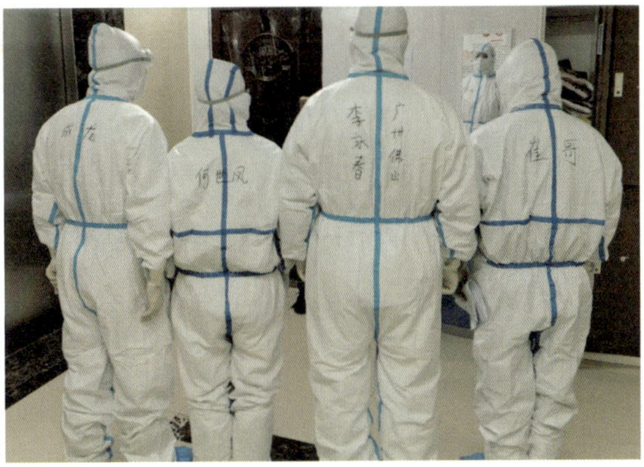

荆州市区两家三甲医院收治了比单个县区更多的重症患者，所以是广东医疗队的重点关注对象。南方医科大学第五附属医院的 9 名队员进入了荆州市中心医院的感染一区 ICU；韶关市、广州市的 5 名呼吸科医生、2 名 ICU 医生和 12 名护士进入了荆州市第一人民医院的隔离病房和 ICU，开展救治工作。

2 月 14 日，前方指挥部与荆州的专家一起召开专家共识研讨会，推荐“广东做法”，推行“广东专家共识”，集中攻关，对所有重症危重症病例进行排查，逐一查看电子病历，评估风险，提出对重症、危重症患者“一人一案”的诊疗建议。

2 月 14 日，前方指挥部医疗管理组副组长、第二批广东医疗队队长、珠海市人民医院副院长崔敏介绍，以石首市中医院为例，医疗队的医疗防护物资充足、生活物资配备到位，17 名医生和 32 名护士有实力也有信心“可以把 6 名危重症患者和 1 名重症患者的救治工作做好”。他说，现在医护人员正在和时间赛跑，从死神手里抢病人，“无论多危险，该上就必须上，我们要积极开展救治”。

此外，前方指挥部疫情防控组专家为更科学地评估当地消毒措施的落实情况，与荆州市消杀队员一起对 3 处患者住所进行现场消毒，深入多个社区对社区防控与消毒措施的落实情况进行调研。同时，对当地流行病学调查工作的开展情况进行深入调研，协助进行疫情数据的深度分析与处理。

广州广播电视台记者：林欣杰

深圳医疗队队长：方舱医院里比病情更难对付的是……

13 道穿衣消杀通道，1 个医疗组负责 386 名病人，缺氧、头痛……经历了入舱首日的紧张适应和自我调节后，在即将下班出舱的凌晨 4 点，深圳医疗队队长孟新科又遇到了一件急事。

一件急事

孟新科，在武汉客厅方舱医院担任医疗组组长一职，带领 4 名医生，管理服务医院 B 区的 386 名病人。他主要承担协调、分配工作，以及对危重症病人的筛查、病情观察。

忙完一天临近下班，一名护士急匆匆跑来向孟新科报告：有个病人的血氧饱和度不到 90%，这意味着情况非常危险。

孟新科和其他医生们瞬间紧张起来。方舱医院里的医疗条件不比 ICU，没办法上呼吸机支持，也没有相关打针输液的设备。一旦患者经过吸氧后情况还未改善，必须马上加急联系送往其他医院，而当时还不到凌晨 5 点，要进行各项调度是一件非常麻烦的事情。

医生们把防护服穿好，“我们赶紧去看，可是去了几个房间都没找到，病人不见了！‘跑了’，不知道到哪去了。”

护士们开始分头去找这名病人，半小时后，一名护士跑来告诉孟新科，病人找到了！并且检测到血氧饱和度已经到 95~96%。孟新科这才放下心来，原来病人是去深呼吸活动了一下，自我恢复了。

武汉客厅方舱医院里目前已有超过千名病人，同时每天都不断有更新、进出。但任何一个病人的一点点状态波动，都让医护人员紧张万分。

孟新科说：“我觉得这也是一件很有意义的事情，因为这说明有些病，毕竟还不是很严重的时候，一个自我调理，比如血氧饱和度稍微低一点时，鼓励病人做几次深呼吸调整一下，会自我改善，可能这些小的细节、小的技巧，以后也会用得上。”

两个变化

武汉方舱医院投入使用以来，主要接收新冠肺炎的轻症患者，而与武汉客厅方舱医院一路之隔的地方，就是收治新冠肺炎重症病人的金银潭医院。

深圳医疗队队长孟新科，是深圳市第二人民医院的主任医师、科室副主任，他的绝大部分时间是在 ICU。

那么如今在方舱内的工作与之前相比，有哪些不同？孟新科在接受记者采访时提到了两个变化—— 角色之变、责任之变。

“抢救病人很重要，而且抢救一个重症病人，阻止了病人的死亡，的确很有成就感。”孟新科说。

然而对于在方舱医院的医护人员来说，大部分是很琐碎、细小的工作，甚至看起来没有那么惊心动魄，但就是这种润物细无声的工作，也同样非常重要，而且并不比抢救危重症病人轻松。

孟新科说：“我们踏踏实实地把这里的管理工作做好，让这些病人能够在方舱（医院）里得到救治，能够顺利出院，减轻他们因为病情突然加重转到上级医院的压力，让他们不再传染给别人，这又何尝不是一件影响力大的工作？”

深圳卫视记者：杨阳 靳阳懿 天南 鹏超 蕊嘉

◎ 前线心声

我觉得我也应该去

从小到大，自己头发最短的时候也已齐肩，这次给自己理了一个平头，算是人生头一遭。

2008 年汶川大地震时，我还是个学生，从新闻上知道全国人民都在帮助四川渡过难关，现在有机会，我觉得我也应该去。

北京大学深圳医院手术室护士：钟玲

◎ 直击现场

出征

这是第二批支援湖北的深圳医疗队，17 人全部来自北京大学深圳医院。他们和我一样都是两天前才知道要奔赴一线，14 日早上才确定出发时间。早一分钟到达目的地，就能早一分钟帮到湖北的同胞。

扫码观看视频

深圳卫视记者：隋啸 王鹤宁

2020
2月15日 / 星期六

寒潮凶猛，气温骤降。广东医疗队迎来了抵达湖北的第一场雪。当人们都在家躲避风雪时，他们又是怎样浴“雪”奋战的？

气温骤降，广东白衣天使雪中送炭

2月15日，荆州气温断崖式下降，从15 ℃跌落到0 ℃。对面的荆州高铁站依然安静，广东支援荆州医疗队的前方指挥部已经热闹起来，深夜抵达的第三批医疗队马不停蹄地开始了紧急的防护培训，大家重复着一个戴口罩的动作、一次闭合防护服的顺序，有多年工作经验的医生、护士也拿出手机，边记录边学。踏上战“疫”一线，大家分外小心；面对严峻的疫情，大家全力以赴。

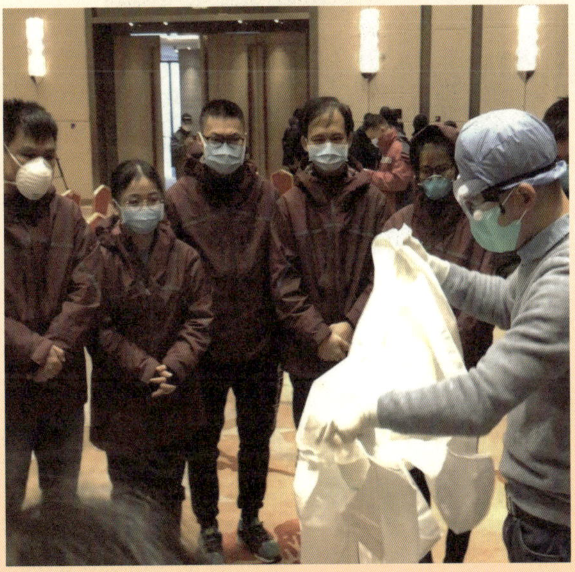

荆州中午飘起大片大片的雪花，大风呼啸而过，风雪打到脸上有冰冷刺痛的感觉。能见到下雪，对来自南方的医务人员来说多少也会有点惊喜，也许这是荆州迎接他们的方式。一位荆州当地人告诉我，荆州好几年没有下雪了，在年后下雪实属罕见。在新冠肺炎疫情下，感觉白衣天使此次来是雪中送炭。

下午 3 点，82 名医务人员集结奔赴荆州各市县一线抗疫医院。出发前，前方指挥部发放了厚厚的羽绒服，配上生活必需的物资。在前方指挥部的物资仓库，隔着玻璃，看到有来自全国各地的捐赠物资，上面还写着“守护医者”等暖心话语。外面运送物资的大货车疾驰而来，拉了“温暖”源源不断地补充进来。货车司机说，送一次物资要隔离 14 天，但他们义无反顾，使命必达。

广东支援湖北荆州医疗队队员颜晓雁说，第一次看到雪就堆个雪人吧，虽然很冷，但有各方的支持，心里却是很温暖的……

天寒，人心暖。挺过风雪，越过疫情，没有过不去的冬天。

广州广播电视台记者：林欣杰 陈智萌

这场大雪里，有佳音传来，也有人再次出征……

瑞雪传佳音

2月15日，寒潮凶猛，气温骤降。告别了如春南方的深圳医疗队，在武汉、荆州两地各自迎来了抵达湖北之后的第一场雪。

在这场漫天大雪里，驻扎武汉的深圳医疗队传来了令人振奋的好消息。

15日下午3点10分，第一批深圳医疗队队员所支援的武汉东西湖方舱医院（即武汉客厅方舱医院）首批治愈患者共17名在雨雪中陆续出院。其中，住院时间最短的仅有6天，年龄最大的患者63岁，最小的28岁。医护人员还贴心地为出院患者准备了贺卡和毛绒玩具。

目前，东西湖方舱医院共有12支援汉医疗队，其中广东医疗队的人数是最多的。医院于2月7日开始运行，经过一周时间，很多病人已经处于从稳定到恢复的状态，预估近几天将是出院高峰期。

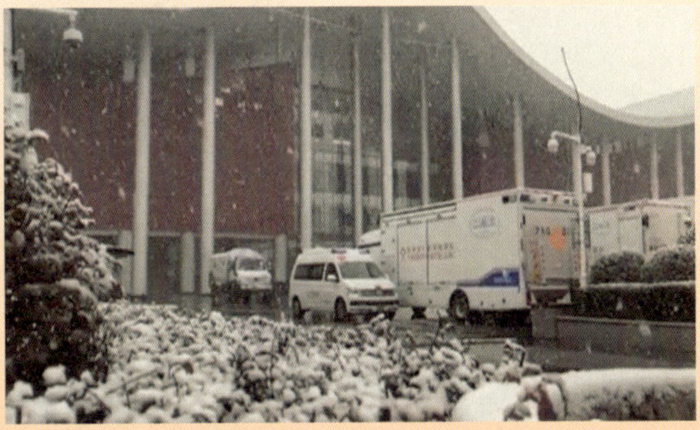

风雪再出征

在这场漫天大雪里，驻扎荆州的深圳医疗队再次整装上路迎接新挑战。

下午 4 点，第二批深圳医疗队的 17 名医务人员，携带 135 个大小箱子，在大雪中驱车奔赴他们的支援任务地——荆州市监利县。据了解，截至 14 日 24 点，荆州市累计报告新冠肺炎病例 1478 例，其中监利县报告新冠肺炎病例 228 例，是荆州市肺炎感染人数第三的区域。今天监利县新冠肺炎疫情防控指挥部下发紧急通告，在全域范围内升级管制措施，所有小区、农村一律实行封闭管理，对未经批准营业的经营场所一律关闭。

下午 6 点，医疗队平安抵达监利县人民医院。监利县医疗条件的紧缺以及恶劣的天气，对于医疗队来说都是莫大的考验，但他们绝不会退缩，并且已经做好迎战准备。

无论是瑞雪传佳音

还是风雪再出征

纵使天气如何恶劣

所有人都在继续前行

没有不会停下的雪

没有不会过去的冬天

且让我们一边努力一边等待

等雪停风止

等疫魔退去

等荆楚大地最早的花开

深圳卫视记者：王鹤宁 隋啸

◎ 直击现场

风雪

2月15日，寒潮凶猛，气温骤降。深圳第二批援鄂医疗队迎来抵达湖北的第一场雪，也确定了此次援鄂目的地——荆州市监利县。当人们都在家躲避风雪时，他们又是怎样浴“雪”奋战的？

扫码观看视频

深圳卫视记者：隋啸 王鹤宁

2020
2月16日 / 星期日

监利，是湖北省人口最多的县城，也是深圳第二批支援湖北医疗队的目的地。今天，在做完一项项“必修课”之后，距离上战场的时间越来越近了。在疫情面前，每个人都是渺小的，但总有人平凡而伟大。等春暖花开，等你们归来。

抵达监利县后，他们面临这些难关……

昨日风雪，今日暖阳。

千里驰援的深圳医疗队，也如这天气般，在浴“雪”奋战后，迎来了更多化解困难的阳光与力量。

2月16日，是深圳第二批支援湖北医疗队抵达援助目的地荆州监利县工作的第一天。

受疫情影响，这一天，也是监利县采取进一步升级管制措施的首日。在监利县的街道上，偶尔能看到当地的居民和车辆，商店大部分则是闭门状态。小城安静的表象下，是疫情的持续肆虐。深圳医疗队到达监利之后，一道道必须克服的难关也接踵而来。

关卡一：语言障碍关

窝斗子 = 拉肚子，黑打 = 晚上，那么搞起的 = 怎么回事，哪里不须服 = 哪里不舒服……

监利话和普通话之间差距真不小。对于深圳医疗队的大部分医生、护士来说，当地的方言乍听起来让人有点摸不着头脑。很多医疗队员没想到，他们面对的第一道难关，竟然是语言障碍关。

在深圳医疗队中，深圳第二批支援湖北医疗队临时党支部书记、北京大学深圳医院乳甲整形外科护士长王玲是荆州人，这次也算是回乡抗疫。

作为本地人，为了让队友们在当地能够交流，尤其是和患者之间能够顺畅沟通，她特意自制了一份监利话转普通话的“翻译电子版”，帮助大家解决令人发愁的语言难题。

关卡二：医疗物资缺乏关

截至 2 月 15 日 24 点，监利县确诊数为 235 例，在荆州区县中排前三位。与此同时，监利也是湖北省人口最多的县，超过 150 万，疫情防控形势严峻，容不得半点松懈。

与之相对比的是，作为县城，监利的医疗物资却并不充足，部分防护装备还比较紧缺。

不过今天有好消息传来——2 月 17 日，也就是明天，将有一架军用运输机从广州白云机场起飞，将另一批物资运抵荆州。

据了解，此次支援监利县的除了深圳医疗队，还有珠海、清远、阳江等地医护人员分批抵达。11 日抵达监利的清远医疗队已经进驻医院进行救治，目前监利县疫情正得到有效控制。

关卡三：战前演练因陋就简保安全

今天早上，深圳医疗队开始进行穿脱防护服培训考核。在疫情防控的特殊时期，要找到一个大空间也是件难事。为了不耽误时间，一大早，医疗队的 17 名成员决定在狭窄的酒店过道上进行入驻医院前的准备工作，随时待命，前往抗疫一线。

深圳卫视记者：王鹤宁

广东省医疗队荆州市中心医院新冠肺炎重症救治中心成立

广东省医疗队荆州市中心医院新冠肺炎重症救治中心今日下午正式挂牌成立，该中心集中收治荆州的重症和危重症病人。

该中心为原来的儿科病区按流行病学和 ICU 标准改造而成，可收治 160 多名重症和危重症患者。一楼是危重患者区，二楼为重症患者区，三楼是医务人员的工作区域。医疗队队员说，这样的收治方式是可以减少消耗医疗用品、医疗资源，医护人员也可以服务更多的患者。广东医疗队将在荆州两家医院成立新冠肺炎重症救治中心，第二家预计 17 日在荆州市第一人民医院挂牌成立，接下来救治工作的重点将加大核酸检测和重症患者救治。

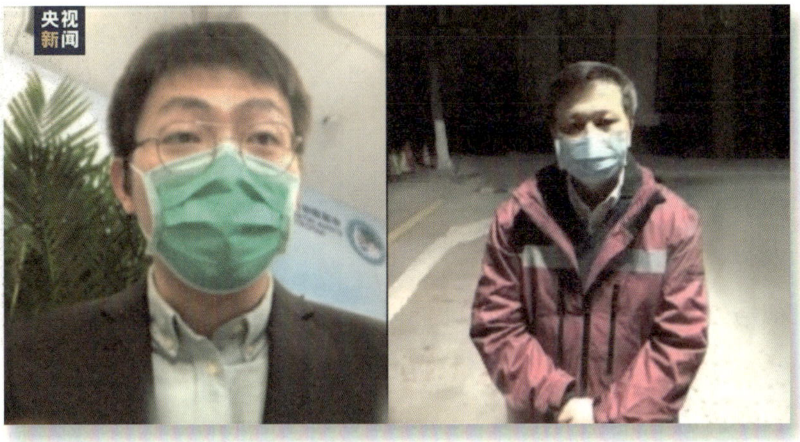

（广东省医疗队荆州市中心医院新冠肺炎重症救治中心成立的消息获得央视关注。2 月 18 日，广州广播电视台为央视新闻《共同战“疫”》提供独家视频画面，连线采访广东省支援湖北荆州医疗队总指挥黄飞。）

广州广播电视台记者：林欣杰 陈智萌

后怕！但我们还是会冲上去

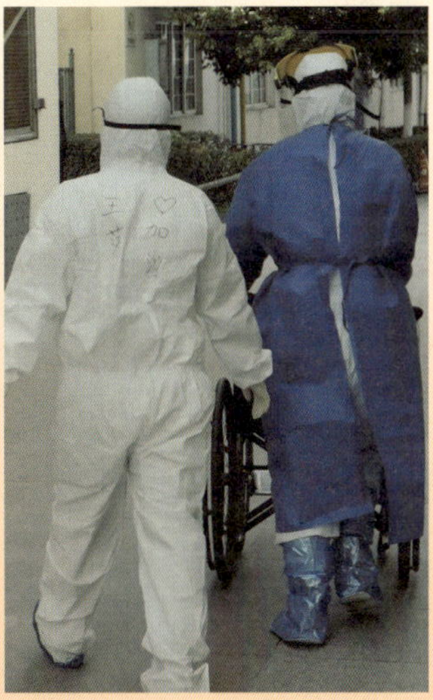

得知荆州市中心医院建设了重症救治中心，我们决定前往现场拍摄。现在回想起来最大的感受是后怕。在医院刚改造好的住院楼外，碰巧遇到危重症患者转移经过，第一反应是对准镜头，与他们的距离不过两三米。防护服下的医护人员，虽分辨不清你我，但他们身后都写上了名字和打气的话，一丝感动涌上心头。

2 月的荆州太阳很早下山，傍晚做视频连线采访总指挥，十几位媒体记者齐心，用手机电筒照亮采访点。也许这就是广东媒体人的本色，没有条件创造条件也要上，只要能将真实信息传播出去。

回到驻地酒店，所有人逐个进行全身消杀，大衣、裤子、鞋子，所有外穿的衣物都挂在房外，防疫这场仗可不能掉以轻心啊。

打开电脑翻看拍到的素材，听到病人清楚的咳嗽声，一丝丝后怕持续而生。没有生而英勇，只是选择无畏。下一次的任务，我们也要严密防护，保护自己。

广州广播电视台记者：林欣杰 陈智萌

◎ 直击现场

监利

监利，是深圳第二批援鄂医疗队的目的地。“我们就是在这里土生土长，这是我们的高中，这是我们的县政府……老城区靠山的地方就是长江，我们是滨江城市。”一位监利人向我们介绍。

扫码观看视频

深圳卫视记者：隋啸 王鹤宁

2020
2月17日 / 星期一

想起一句话："湖北，广东什么都可以给你，钱可以给你，口罩可以给你，医疗物资可以给你，但医护人员是借的，是借的！必须一个不少还回来！"

深圳医疗队将全面接管对口医院两个院区

就在今天早上6点多，深圳第二批支援湖北医疗队队长易黎接到紧急通知：前往此次深圳医疗队支援的重点单位——监利县人民医院参加内部协调会，商讨工作衔接等事项。

易黎是此次广东省深圳、珠海、阳江、清远4支地方医疗队支援监利县的总队长。今天的会议讨论了工作衔接流程，并对广东医疗队的66位医务人员重新整编分组，以利用有限的医疗资源实现救治效果最大化。

记者首次探访：医院收治多名重症患者

深圳第二批支援湖北医疗队支援的是监利县人民医院，与深圳第一批援鄂医疗队进驻的武汉客厅方舱医院不同，方舱医院主要收治轻症患者，而这里作为县城最大的医院，主要收治危重症患者。

据医院介绍，目前全院有1000多名医务人员奋战在一线，占了医院职工总人数的三分之二。

医院除了承担收治新冠肺炎患者的任务，还要解决普通病患的看病需

要。为了预防普通患者和新冠肺炎患者出现交叉传染的情况，医院在普通门诊设立了全天值守的体温检测区，还划分了新冠肺炎患者专区和通道。

医护人员告诉我们："基本上从腊月二十几开始，就没有什么下班不下班，我们就睡在这里，晚上有时候七八点下班，有时候十一二点下班，有时候甚至一晚上不睡觉。"

"90后"最小队员：考核第一名，我愿意上

当天下午，易黎再次组织深圳医疗队开展院前培训，他说，今天晚上将进行考核，根据结果决定谁将成为首批被派驻前线的医务人员。

1994年出生的四川人钟玲是本次深圳医疗队中年龄最小的队员。她说："如果考核结果第一名，就能成为第一批上前线的医务人员，我愿意！"

她告诉我们，从小到大，自己头发最短的时候也已齐肩，这次为了来湖北一线支援，给自己理了一个平头，算是人生头一遭。

"2008年汶川大地震时，我还是个学生，从新闻上知道全国人民都在

帮助四川渡过难关，现在有机会，我也应该去！”

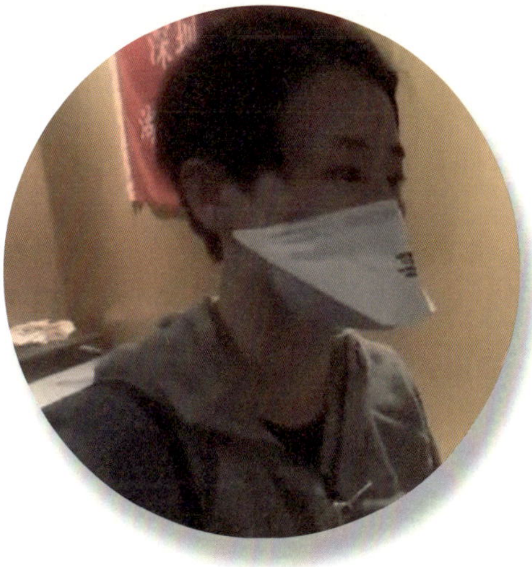

据了解，当前监利的疫情仍然严峻。截至2月16日24点，荆州市新冠肺炎病例新增11例，其中监利县新增1例。荆州市累计报告新冠肺炎病例1501例，其中监利县累计236例，在荆州区县中排前三位。

深圳卫视记者：王鹤宁 隋啸 李添裔 天南

我们逆行：是记录者，也是参与者

今天，荆州出太阳了，阳光很暖。因为前方指挥部管理更严格了，外出受到更严格的限制，我们只能绕着驻地外围走走。附近的小区实行封闭式管理，门口都挂着温馨提示：“物资会送到小区门口，大家有序领取。”疫情之下，生活仍在继续。

好不容易联系上抗疫一线的医护人员，聆听他们的经历。医护人员告诉我，他们每天都会为战友签名，在清一色的防护服写上“加油”，送上拥抱，一个拥抱胜似千言万语；他们每天都要在厚重的防护服里连续作战，不吃不喝，经常会有缺氧的感觉，很累。但只要穿上这身防护服，他们就是坚强的抗疫战士。他们早已学会苦中作乐，他们把战友微信群改名为家人群，聊天时会分享生活的琐事，比如说酒店住宿伙食很简单，有人说才发现自己从来不吃的火腿肠是那么好吃，感动到哭了。等疫情过去，一定要大口吃肉。

想起一句话："湖北，广东什么都可以给你，钱可以给你，口罩可以给你，医疗物资可以给你，但医护人员是借的，是借的！必须一个不少还回来！"无意中听到医护人员说在离开隔离区时脱防护服的步骤有问题，有被感染的可能，我果断向前方指挥部反映了，希望能为他们做点什么。在疫区并肩作战，我们是记录者，也是参与者。

广州广播电视台记者：林欣杰 陈智萌

方舱医院出院高峰来临，治愈者亲述三大历程

如约而至的不只是春天，还有全民一心、抗击新冠肺炎疫情的好消息。

今天，深圳对口支援的武汉客厅方舱医院又有 15 位患者治愈出院。该方舱医院自 2 月 7 日开舱正式收治病人以来，主要面向轻症患者，如今已过去 10 天，就在两天前（2 月 15 日），武汉客厅方舱医院已经有首批 17 位患者治愈出院。

医院负责人告诉我们，预估近几天将会迎来出院高峰期。很多病人经

过治疗后，都处于稳定到恢复的状态，他们将陆续达到出院标准。

今天从武汉客厅方舱医院出院的患者中，还包括一位媒体人——湖北广播电视台的记者钱先生。经过 8 天的住院治疗，他已经痊愈。钱先生向我们讲述了他从发病到治愈的全过程。

惊慌：病重时，感觉自己熬不过当晚

大年三十，钱先生的母亲出现不明原因发热症状，在照顾了母亲 2 天后，大年初二，他也有了发热症状。两人在家隔离了 5 天左右，到 2 月 3 日，他的病情加重，“经历了呼吸困难、感觉自己可能熬不过当天晚上的阶段”。

了解：病毒并不可怕，逼着自己吃东西提高免疫力

在核酸检测为阳性，确诊为新冠肺炎以后，钱先生和母亲进入了武汉客厅方舱医院接受治疗。钱先生入舱治疗期间身体状态已在康复中，没有发热和不适。他和妈妈两人相互鼓励，今天他先出院。

在与病毒较量的过程中，他也对新冠肺炎有了更多了解。他告诉我们，最开始他吃不下任何东西，但为了提高自己的免疫力仍会及时补充能量。

信心：医护人员们带来治愈的勇气与信心

“我记得照顾我们的医护小组是四班倒的。虽然隔着厚厚的防护服看不见他们的脸，但通过衣服上的字，我知道这些白衣天使来自福建、广东、甘肃、四川等地。”

钱先生说，他加了很多医护人员的微信，等疫情过后，他欢迎他们再次来武汉，他愿意做向导，带领大家游览武汉的美景。

武汉客厅方舱医院除了进行正常的治疗活动，还为患者们准备了心理援助等服务，舱内有读书角、大屏电视等设施，看上去像是其乐融融的大家庭。不少患者与医生成了好朋友，在离开前互相留下联系方式。

深圳卫视记者：杨阳 靳阳懿

奔赴雷神山！深圳首支中医医疗队出征

今天，深圳第一支中医医疗队正式出征，奔赴湖北武汉雷神山医院。这也是深圳派出的第三批医疗队。目前，深圳总共已有 55 名医护人员驰援湖北。

深圳第三批援鄂医疗队包括 25 名医护人员，来自深圳市中医院、广州中医药大学深圳医院（福田）、深圳市罗湖区中医院、深圳市宝安区中医院以及北京中医药大学深圳医院（龙岗）。在收到国家中医药管理局的组队通知后，深圳市中医院当天集结人员，连夜筹备防护和生活物资，与区级中医院共同组建了深圳市中医医疗队，赴武汉雷神山医院开展中西医结合治疗。成员包括医生 8 名，护士 17 名，年龄最大为 45 岁，最小为 26 岁，涵盖中医内科、中西医结合和护理学等专业。

8 名医生均为中医专业，并且大多有急诊科、重症医学科工作经验。在医疗队准备的物资里包括针灸、耳穴压豆、中药防感香囊等。

深圳市中医院急诊科副主任刘禹翔是本批医疗队队长，她坦言，希望将深圳中医救治的经验带去武汉，帮助当地的病人。刘禹翔曾参加 2003 年抗击非典，她说："当时我在（深圳）市中医院的急诊科。现在大家都熟知的防感汤，就是那时深圳市中医院率先在全国提出的。"

深圳卫视记者：杨阳 靳阳懿

◎ 直击现场

禁区

监利是湖北疫情严峻的县之一，在危重症患者集中的监利县人民医院，我们不小心走到了隔离禁区边缘，在这里，遇到了同样迷路的老大爷和好心的护士。“禁区”，对当地人来说意味着什么？对前来支援的医护人员来说，又意味着什么？

扫码观看视频

深圳卫视记者：隋啸 王鹤宁

2020
2月18日 / **星期二**

荆州多云，微风阵阵。迎着风，朝着荆州高铁站走去，一路静得能听到自己的脚步声。一辆挂着红色大喇叭的小车打破了宁静，“严格做好区域防控工作”的声音从远处传来，直至车辆驶入荆北村半分钟后，声音才消失。

荆州抗疫，楼上楼下是一家

荆北村的居民已有半个多月没出门了，每天中午12点，全国各地捐赠的生活物资会陆续送进来。大概11点40分，村委的工作人员集合在一起，大家都不自觉地盯着村口方向。一辆小型三轮摩托如约而至，装来了一车哈密瓜，几名工作人员赶紧将哈密瓜搬进室内，分拣成一袋袋，再送到每栋楼，逐一为居民送上门。

每栋楼都选出了楼长，协调分配大家平时生活所需物品。一位楼长告诉我，居民有任何困难事都可以直接找他，对抗疫情，大家拧成了一股绳。

20多天了，安坐家中、足不出户已经成了荆北村居民的默契。有人说：“出不了门反而拉近了人与人之间的距离，感觉楼上楼下已经成为一家人，整栋楼里全家人共同进退。”

中午村委工作人员留我们吃本地口味的盒饭，到荆州第六天，终于能适应吃点辣。在这里的生活很简单，有时候喝一碗热汤也会很快乐。心里有个念头，待疫情过去，一定要再来吃碗热干面。

晚上前方指挥部继续远程会诊，对于前一晚反映的前线医务人员在脱防护服时可能感染的情况，前方指挥部正在改善。做好防护、保护医护，没有丝毫马虎，看到这些，心里便觉安心。明天我们会接受正式的安全培训，这离进入隔离病房又近了一步。

广州广播电视台记者：林欣杰 陈智萌

ICU 里的战斗

2 月 17 日下午，我穿过隔离门，进入湖北荆州洪湖市人民医院的 ICU 病区，来这里支援的广东医疗队把 ICU 改造了，目前这里收治了 18 位危重症新冠肺炎患者。

“你手不要老是去抠（氧气面罩）。”

突然，一个病人的血氧饱和度下降，护士马上轮流为他拍背、吸痰。专家紧急穿戴正压头套，做好进行气管插管的准备。

一个护士忙完后对我说：“我们怕他被痰堵住。”

“你没事吧？我看你有点抖。”

“有点闷。刚才几边跑，都要协调一下，算了，先别拍吧。”

“好。”

话音刚落，这位护士又急匆匆地去准备抢救用的设备，这时我才看清她防护服背上写的字：曹赛，与生命赛跑。

在这个 ICU 病区里，每个人都在与生命赛跑、与病魔战斗。

我寻着机会，采访到刚刚能松口气的南方医科大学南方医院神经内科副主任医师吴永明。

“现在几点？”

“哦，大概有 7 小时了！”吴主任回头看了看，房间里挂着的电子钟显示为“17：08”。

“你已经 7 小时没吃、没喝、没上厕所了吗？”

“应该是 10 小时，从早上 7 点出门上班到现在。”没说几句，吴主任再次匆匆走向病床。

洪湖市人民医院的 ICU 护士谢亚告诉我：“现在广东朋友过来之后，给我们减轻了很多压力，毕竟你们今天也看到了，病人今天进出已经几个了。”

78 岁的肖大爷因为病情加重，刚从其他医院转到这个 ICU，显得有些无所适从。此时正有护士安慰肖大爷：“刚刚住进来这里，不用太担心，虽然家人没有在身边。”

“有你们，我就放心了。”

“我们就和你的家人一样。”

一位护士拧干了湿毛巾为病床上的王大妈擦拭身体。王大妈告诉我：“给我们洗脸、擦身子，给我们倒茶，倒屎倒尿，什么都干，比自己的亲闺女还好！”

在病房另一角的唐大爷 70 岁了，他戴着氧气面罩，经过治疗病情有所好转，他知道我是记者后，招手让我过去。

“你要打电话吗？”

“不是。”

唐大爷打开手机的相册，又指了指自己，原来他是想让我帮他拍照。

“你想我现在帮你拍照吗？好，我帮你照，我用你手机帮你照。你想看一下你现在的样子，是吧？”我接过唐大爷的手机。

唐大爷戴着氧气罩，费劲儿地点了点头。

手机相机咔嚓一声，照好了。

“来，你看你现在气色不错。”我将手机递给唐大爷，“加油！”

唐大爷不方便说话，朝我比了比大拇指。

广东医疗队改造的ICU启用后，截至2月18日下午，洪湖市没有新增的新冠肺炎死亡病例。我想，等唐大爷康复后，这张照片将是他与病魔战斗的最好纪念。

广东广播电视台记者：杨霄 周鹏

粤荆“合璧”：洪湖核酸检测加速筛查，三日内可摸清“本底”

洪湖市在广东医疗队的帮助下获得了核酸检测能力后，积极打响了“主动仗”。一周以来，洪湖已有1028份样本得到检测，大大加快了疑似患者的排查、分流和符合条件患者的出院。

洪湖新增病例看起来比其他县区多了一点，实际上却是变被动为主动的一大措施。

目前洪湖的疑似患者和需要筛查的密切接触者有1300多人，这几天已筛查600多人，预计剩余的600多人三天内也会完成筛查，洪湖的“本底”就会很清晰。

此前洪湖的疑似病例因为无法快速获得核酸检测结果而形成“积压”，无法分流。一周前，广东医疗队前方指挥部24小时内帮助洪湖获得了核酸

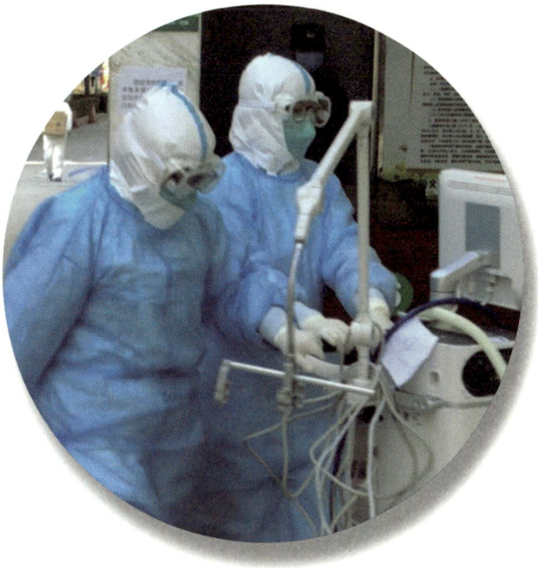

检测能力。广东医疗队带来的第三方检测专家开足马力为洪湖“减存量”。自2月14日开始，洪湖市积极组织加大采样送检力度，在各方的密切配合下，流程越来越顺畅。截至2月17日，在广东医疗队带来的第三方检测机构的帮助下，洪湖市人民医院实验室累计完成新冠病毒核酸检测1028份。

此外，今天广东省医疗队荆州市中心医院新冠肺炎重症救治中心和广东省医疗队荆州市第一人民医院新冠肺炎重症救治中心启动。为了推动全市各县区危重症患者集中收治、能转尽转，广东医疗队重症救治专家组建立了危重症病例每日病情研判制度和多学科联合会诊制度，对全市危重症病例的病情危重程度、当地救治能力和条件、转运风险等因素进行充分评估，让危重症患者在最佳时机得到争分夺秒、全力以赴的救治。

广州广播电视台记者：林欣杰 陈智萌

广东援荆各医疗队：在线培训，强化院感防控

晚上 8 点，在湖北荆州，广东医疗队召开了一场院感防控网络在线培训会。主会场设在广东支援湖北荆州医疗队前方指挥部，由两位有实际工作经验的一线院感专家主讲。分会场则分散在支援湖北荆州各医疗分队驻点酒店、荆州市新冠肺炎定点收治机构。

院感防控，是医院感染预防与控制的简称。新冠病毒传染性非常强，在一线救治患者的医疗队队员必须一直穿戴全套防护用品。满负荷在病区工作几个小时，就会感觉闷热、头晕，也可能会脱水，会导致心情急躁，而脱下防护用品步骤有 20 多个，在这种状态下，一不小心就会出现差错。

广东支援湖北荆州医疗队前方指挥部强调，在防控压力最大、最关键的隔离病区设立院感观察员，24 小时战斗在一线，监督、指导医护人员做好个人防护，既能增添医护人员信心，也能降低职业暴露风险。

为确保观察员熟悉负压病区感染防控的要求，做好监控，实时纠正医疗队队员的错误操作，前方指挥部邀请广东省第二人民医院（广东省应急医院）医教部感染管理科科长林冠文、韶关市第一人民医院医院感染管理科医生朱庆伟分别围绕医务人员病区防护及住宿区院感防控、隔离病区布局与流程方面进行培训。

广州广播电视台记者：林欣杰 陈智萌

◎ 直击现场

接棒

她们被称为白衣天使，但其实她们和大多数人一样，下班了也会喊累，只是她们更懂得忍耐，也更知道这背后的责任。海南医疗队将监利战“疫”的接力棒交给深圳队，深圳医疗队的医护人员将如何打好这一仗？

扫码观看视频

深圳卫视记者：隋啸 王鹤宁

2020
2月19日 / 星期三

凌晨，石首市中医医院一名新冠肺炎重症患者的病情迅速恶化，亟须转运至上级医院。由广东医疗队前方指挥部策划，广东和荆州医护人员共同上演了一场“生死时速”。

广东医疗队为一危重症患者上演“生死时速”

今天凌晨，一名63岁的新冠肺炎危重症患者古正中（化名），在广东和湖北医护人员的护送下，从石首市中医医院转运至荆州市区的广东省医疗队荆州市中心医院新冠肺炎重症救治中心。

这不是一场简单的救援，而是由广东省支援湖北荆州医疗队前方指挥部策划，广东和荆州医务人员共同出演的一场“生死时速”。从石首市中医医院到荆州市中心医院只有短短90千米，但对古正中而言却如相隔万里。

2月14日，广东医疗队进驻石首市中医医院，全面接管重症监护区。就在当晚古正中的病情迅速恶化，出现ARDS（急性呼吸窘迫综合征），这是一种高病死率的症状。不过专家发现，他有着明显的ECMO（体外肺膜氧合）适应症，可以上ECMO抢救。全荆州只有一台ECMO，是荆州市中心医院危重症患者的救命符。理论上古正中可以转运到荆州市中心医院上ECMO，但当时新冠肺炎重症、危重症患者的转运绿色通道还未建立，因此未能及时将患者转运。当时古正中已经插管5天了，很快就要失去ECMO抢救的黄金时间。紧急时刻，在石首市的广东医疗队拨通了

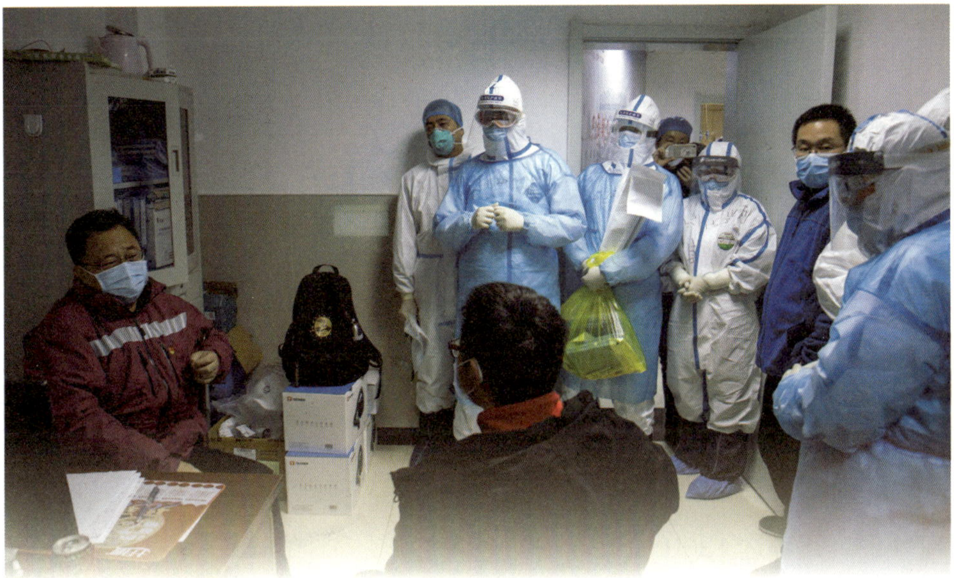

前方指挥部的电话，广东省支援湖北荆州医疗队总指挥黄飞听取汇报后全力支持，同意转运。第二天，广东支援荆州医疗队技术总顾问蒋文新也赶到石首市。

2月16日，广东省医疗队荆州市中心医院新冠肺炎重症救治中心启用，重症、危重症患者陆续转入，各县市的新冠肺炎重症、危重症患者也开始朝着这里集中，古正中的转运被提上日程。为了跑赢死神，广东省支援湖北荆州医疗队前方指挥部做足准备，从荆州派出负压救护车，从广东调来ECMO团队和设备。2月17日，前方指挥部联系广东后方，要求提供支援，确保荆州新冠肺炎危重症患者的转运和救治。

总指挥部第一时间联系中山市人民医院。作为国内首家ECMO技术临床应用医院，该院拥有ECMO抢救新冠肺炎患者的经验。2月17日晚上9点，中山市人民医院迅速组建了一支9人ECMO小队，将由ECMO研究室副主任廖小卒带队，携带一台设备驰援荆州。

2月18日下午，廖小卒一行出发，晚上8时到达武汉，晚上12点，终于赶到目的地。在这里还有一支来自荆州市中心医院的专家队伍，也带来了一台 ECMO 备用，严阵以待。

2 月 19 日凌晨 2 点在 ECMO 团队的保驾护航下，载着转运患者的救护车一路驶向荆州。一个半小时后，古正中顺利转入广东省医疗队荆州市中心医院新冠肺炎重症救治中心，顺利完成此次转运任务。廖小卒的 ECMO 团队从广州去石首再回到荆州，经历 12 小时，路程达 1300 千米。

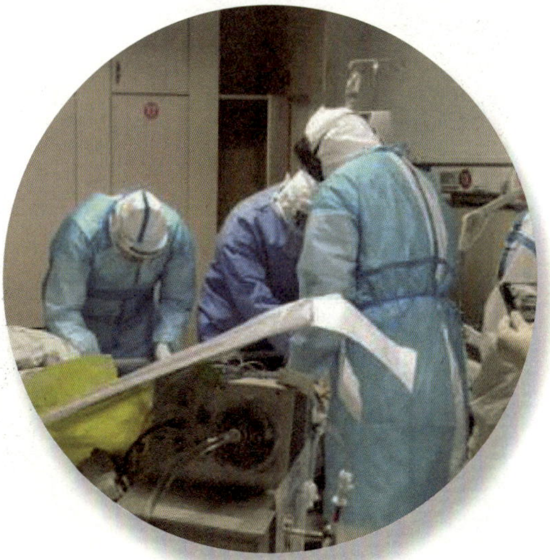

广州广播电视台记者：林欣杰 陈智萌

抗“疫”记者：遗嘱都准备好了，让我上

今天，荆州天气晴。一大早媒体同行集合接受安全防护培训，踏入房间，9 位医护人员已经在专心听课。原来这队医务人员是连夜从广东紧急调派的，是一支随时准备与死神赛跑的 ECMO 团队。

为了避免交叉感染，女队员剪掉长发，成了帅气的假小子，也体现了她们此行的决心。

下午收到消息，在荆州市监利县中医院，有一位生命危在旦夕的新冠肺炎患者，需要出动 ECMO 团队转运至荆州市中心医院，距离 120 千米。

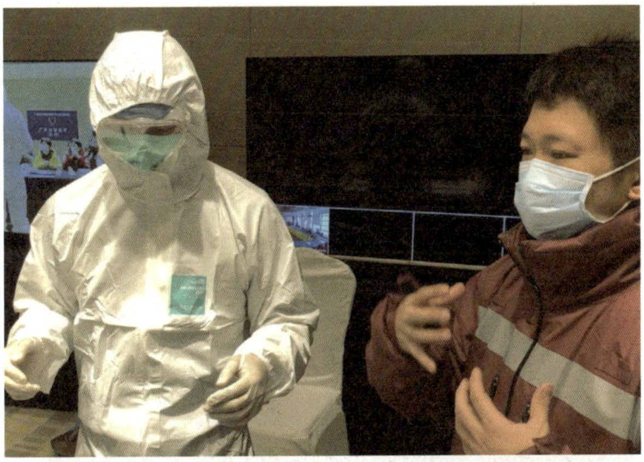

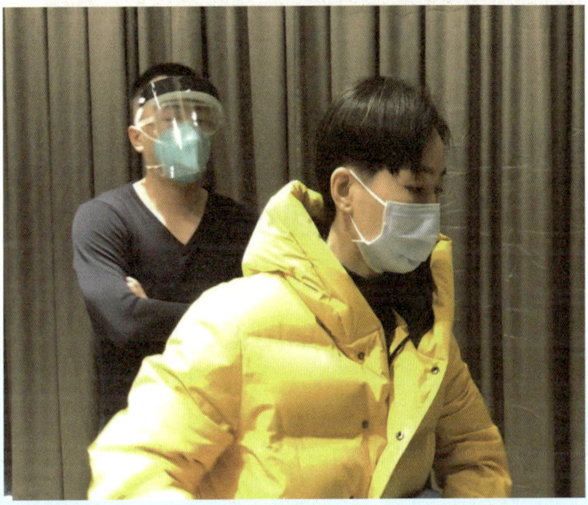

考虑到车辆位置紧张和晚上转运存在风险，这次只能带上两家媒体跟车采访。明明是要去和病毒“碰面”，我脑海中冒出的第一想法却是关键时刻不能缺位。有报社记者开玩笑说“遗嘱都准备好了，让我上吧”，此刻大家都无惧病魔。经过一番争取，抢到一个名额，终于可以近距离拍摄医护人员与病毒搏斗了。

出发前还是有点担心，反复提醒自己要做好防护。向酒店借来了保鲜膜，把手机和摄像机包得严严实实的，戴上头套、防护眼罩，慌乱之中还特意戴了两层口罩，顾不上这是错误做法，心里一直念叨：反正就是不给病毒任何机会。由于只身跟随医疗队前往医院，没有摄像搭档，全副武装后，独自练习操作摄像机，口罩和眼罩气密性很好，不一会儿就有点窒息的感觉，深切体会到抗疫一线医护人员日常工作有多艰难，如果再穿上防护服，还要坚持好几个小时工作，太不容易。

晚上 8 点多，跟 ECMO 团队在荆州市中心医院汇合，前往监利县途中，旁边的广东医疗队队员看着手机，侧头睡着了。前一晚，他们从石首市连夜护航一位危重症患者成功转运，完全顾不上休息。

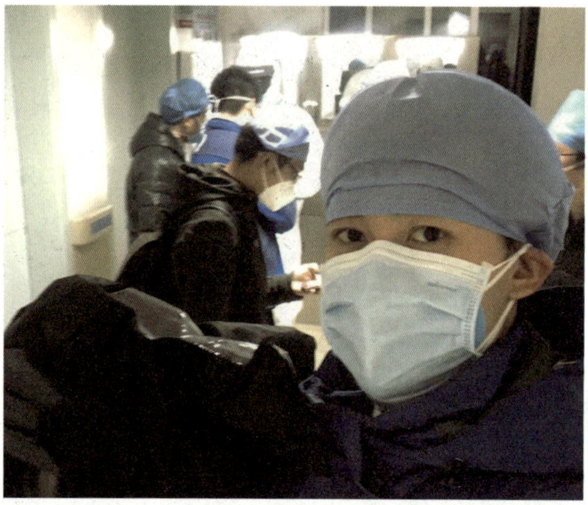

漆黑的高速路上，救护车的灯光照亮了前方，能清楚看到指示牌的指引，正如医护人员让大家看到了战胜病魔的希望。

广州广播电视台记者：

林欣杰 陈智萌

武汉雷神山医院迎来首批出院者：他们隔空拥抱

在疫情最为严重的湖北，深圳第三批医疗队对口的武汉雷神山医院，昨天首批患者康复出院。

“谢谢你们给了我第二次生命！”今年36岁的王先生，在出院前与医护人员隔空拥抱。

2月9日住进武汉雷神山医院接受治疗，2月18日，经过连续两次核酸检测等检查项目及专家会诊，王先生符合新冠肺炎确诊病例出院标准，顺利出院。当日，雷神山医院首批两名新冠肺炎确诊患者出院，除了王先生，还有一位83岁的患者。

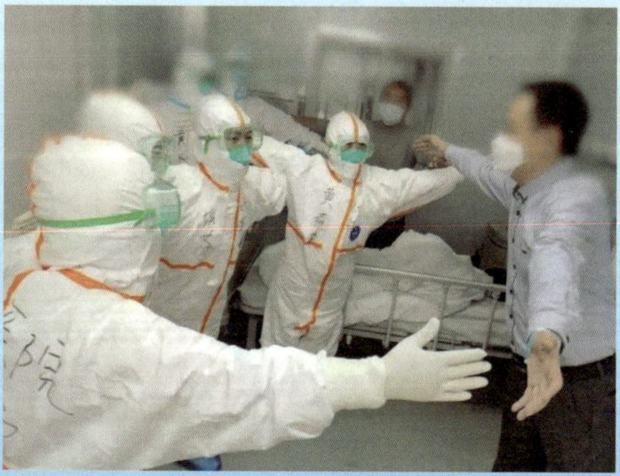

王先生说，最想念的是家里八个月大的孩子，已经有一个多月没有抱过他了。出院后最想吃的是热干面，希望武汉早日恢复正常。

深圳卫视记者：杨阳 靳阳懿

◎ 直击现场

等你

病毒让家人离散，也让更多陌生的人相聚。在湖北监利，深圳医疗队的王玲第一次进入病区工作，就要面对病人的暴怒和老者的哭泣。

扫码观看视频

有时治愈，常常帮助，总是安慰……医者、患者归根结底还是人与人的连接，是医护，也是母亲；是病患，也是儿子。等着你、陪着你，直到团圆……

深圳卫视记者：隋啸 王鹤宁

2020
2月20日 / **星期四**

在荆州的这一天，我看见了医务人员的不放弃，他们在争分夺秒：要坚持，再坚持一下就好了……我顿时有些泪目。

争分夺秒，再坚持一下就好

今天，荆州的战“疫”没有停歇，这一天从凌晨就开始了。

跟随医疗队抵达荆州市监利县中医院，疾步跑进电梯，大家还算精神抖擞，但紧张已全然摆在脸上，严阵以待。

医疗队围坐在一起查看新冠肺炎危重症患者的CT图，有医护人员的话打破宁静：“短短的时间，病人的肺部就像开了花，露出了魔鬼的微笑。”这名患者生命危在旦夕，没有一个人敢说下一秒的情况，家属也无奈地转身出去。

经过2个多小时的研判，广东医疗队决定放手一试，极力抢救，马上组装起ECMO——为了生命，与病魔赛跑。

凌晨2点多，城市熟睡了，这里忙碌依旧。医护人员已经进入极度疲劳状态，眼睛开始冒红血丝了。主诊医生换上笨重的三级防护服，互相写上名字和祝福，步履维艰，走进手术室。他们需要承受多大的压力，无法想象。

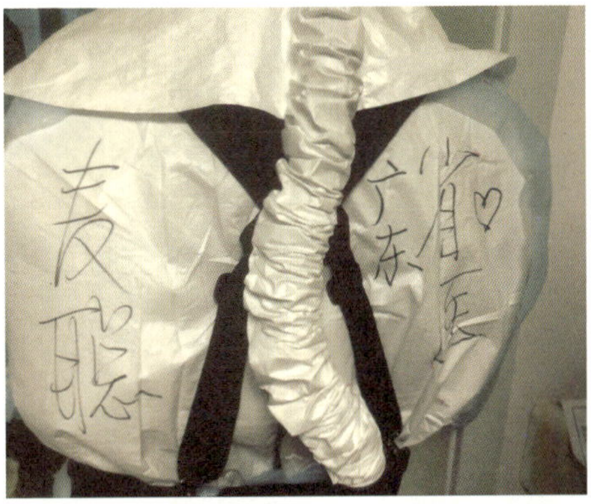

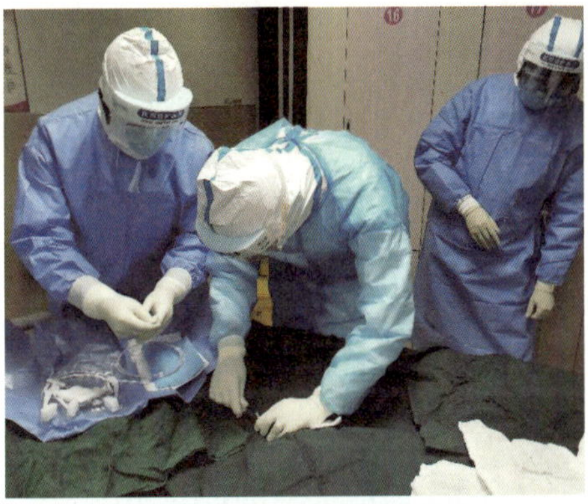

大家通过手术室内的手机视频，时刻关注着手术的进度，为里面的医护人员捏了把汗。

凌晨 4 点左右，手术成功完成。几名医护人员终于松了口气，但难题和考验接踵而来。医疗队没有负压救护车运送，这意味着患者等于一个移动的传染源，运送的医务人员有极高的感染风险。紧张的表情再次挂在大家脸上。

但旁边一位专家还在气定神闲喝着热茶，他正是广东医疗队的技术总指挥蒋文新，大将压阵，提出了可行的解决方案：没有负压救护车，就利用救护车的排风系统，解决负压仓的氧气筒和输液孔穿不进去的问题。

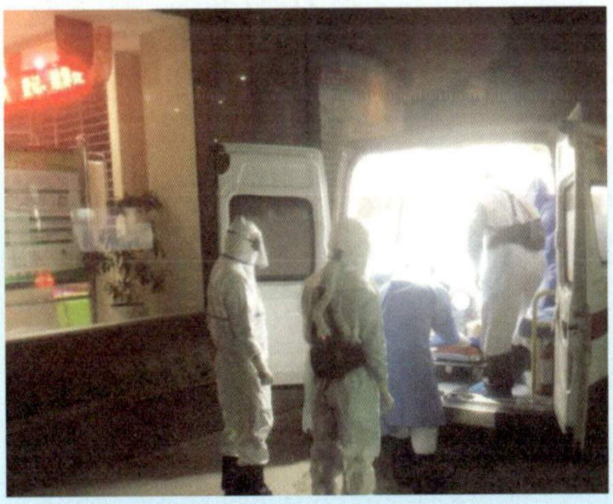

我私下问他：“这么紧急，你为什么还能安心喝茶呢？”他笑了笑，也许这就是广东医疗队的底气吧！

凌晨 4 点多，救护车闪烁着顶灯在守候，疲惫的医疗队员再次迅速地穿上防护服，从手术室把患者送上救护车，向 120 多千米外的荆州市中心医院进发。

救护车在高速上飞奔，橙红色的太阳慢慢爬了出来，透过车窗望去，太阳光不断穿过高速的围栏，一切都在朝着好的方向发展。

早上7点多，我们回到酒店进行全身消杀。穿过酒店门口的体温传感器，突然响起了警报——温度高于38℃！再三检测，原来是虚惊一场，但也给我们敲响了警钟，该休息了。

回到房间，脱下口罩，脸上已经被压出了印痕。躺上床，闭上眼，这一天算是结束了。而医院患者的救治才刚刚开始，希望醒来时有个好消息吧。

广州广播电视台记者：林欣杰 陈智萌

深圳驰援武汉、荆州：第四支队伍出击！第三支队伍正式接收病患

今天，深圳援助湖北抗击新冠肺炎疫情的队伍又加入了一支新队伍。第四批支援湖北医疗队正式出征，目标是湖北荆州！

此次医疗队共有17人，均来自深圳出入境边防检查总站医院。

此前，深圳第二批支援湖北医疗队已经在荆州监利县开展工作。他们的战场是以接收轻症病患为主的监利县人民医院，以及以接收重症病患为主的监利县中医院。

深圳支援荆州的队伍再次壮

大的同时，已经有两支深圳医疗队奋战在一线的武汉，今天又传来新的消息。

下午 3 点，深圳第三批支援湖北医疗队负责的雷神山医院感染三科六病区，正式开始接收病患。目前，该病区已经收满，共有病患 48 人，其中包括重症患者 10 人。接下来，深圳医疗队将详细了解病人情况，并针对每位病患进行病情评估，制订针对性的后续治疗方案。

深圳卫视记者：王鹤宁 隋啸 靳阳懿 杨阳 毛芸 大军 诗宇

广州援荆男护士：既然来了，就是要啃硬骨头

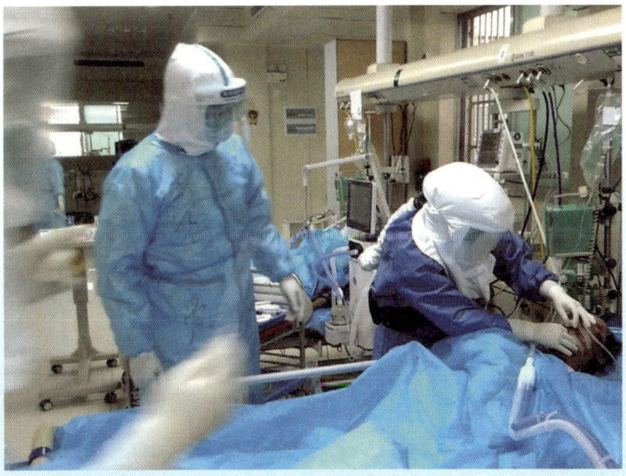

自 2 月 17 日广东省医疗队荆州市中心医院新冠肺炎重症救治中心成立以来，来自广东医疗队的 53 名医疗队员随即接手重症救治中心 ICU 的救治看护工作。

进入重症救治中心 ICU，需要有特殊的装备，除了防护服、N95 口罩、护目镜，还要戴上正压头套。

前线的医护队员介绍，刚开始穿戴这些装备时没什么感觉，四五个小时之后，感觉眼睛特别干，只能不断地眨眼睛，分泌泪液来滋润。

ICU 里看护的都是新冠肺炎重症或危重症患者，工作强度很大，为了节省医疗防护装备，前线医护人员一个班都要轮值 8 小时。今晚其中一位值班护士谢嘉伦，来自南方医科大学第五附属医院急诊科。“在前两天一

次交班中，有一个病人问我：‘你是不是前天广东来的那个医护人员？’我没在衣服上写名字，他居然认出我来了！然后我反问了一句：‘你怎么知道的？’他说：‘听声音就知道是你。昨天总叫你帮我换瓶和倒尿，真的谢谢你。’这句话直戳心窝，这就是我们支援湖北的初衷。”谢嘉伦说，“既然来了，我们就要啃硬骨头，就是要帮这里的护理同行们减负。”

当被问到每次交班下班时最想做什么时，谢嘉伦不假思索地回答：“上厕所，洗澡，喝水，回酒店发照片给我可爱的女儿。”

每一位支援湖北的广东医疗队队员都是有血有肉、实实在在的普通人，但他们个个也都是有担当、能啃硬骨头的先锋战士。

广州广播电视台记者：林欣杰 陈智萌

◎ 直击现场

时间

今晚，湖北监利县中医院一名新冠肺炎重症患者病情突然恶化，需要紧急转院到130多千米外的荆州市第一人民医院，车程一个半小时。对患者而言，转院意味着希望，但也充满着风险。遥远的路途给医护人员带来不少挑战，白衣战士们要如何迎接这一场与时间赛跑、与病魔较量的考验？

扫码观看视频

深圳卫视记者：隋啸 王鹤宁

2020
2月21日 / **星期五**

不断有医务人员投入战“疫”一线，就会不断有更多的患者得到救治，但希望这是来荆州的最后一批广东医疗队，而疫情也能够早日结束。

荆州：广东“成副身家畀晒你”，并肩而行，荆楚阳光照亮前方

今天，荆州出太阳了。广东支援湖北荆州的第六批医疗队抵达后，马上奔赴抗疫一线的医院。看着医疗队员在检查医疗物资，我感慨万分。不断有医务人员投入战“疫”一线，就会不断有更多的患者得到救治，但希望这是来荆州的最后一批广东医疗队，而疫情也能够早日结束。

6批支援湖北荆州的广东医疗队，有570多名医务人员迎难而上。2月10日晚，首批广东医疗队包机飞宜昌转荆州，当时荆州市洪湖市病例数超过全荆州市的25%，是疫情最严重的区域，前方指挥部把整支队伍85人全线压在洪湖，力求第一时间缓解疫情。时间就是生命，和时间赛跑、和死神抢

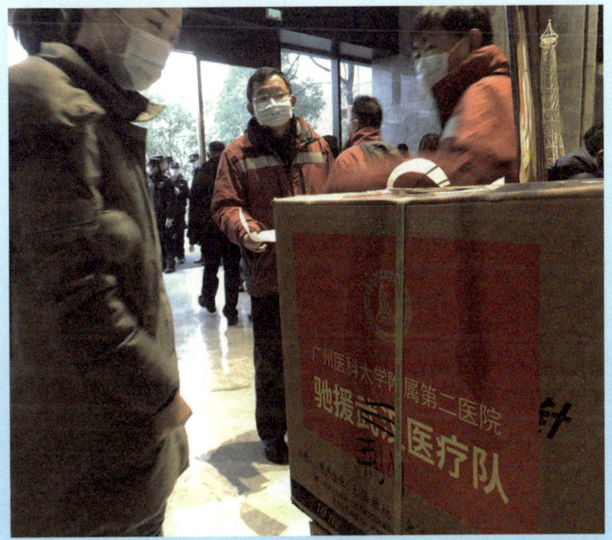

人，后续支援的广东医疗队也紧急到位。

在这里，防控疫情容不得半点拖延。每次去前方指挥部蹲点邀约采访，都会被“轰走”——他们忙得根本顾不上我们。在这里，时时处处都是危急的事。两名情况极其严重的新冠肺炎患者，分别收治在荆州市第一人民医院和荆州市中心医院，广东医疗队派出有经验的专家，同时和前方指挥部远程会诊，成功从死神手中抢回一人。

还有一次采访远程会诊，拍摄到荆州本地的一名护士，她一直在感染科工作，2 月初被确诊。拍摄时，有些不忍心看她的眼睛，千言万语，如鲠在喉。没有谁生来就勇于冲锋陷阵，生来就无所畏惧。“健康所系、性命相托，救死扶伤、职责所在”，这是医护人员一生恪守的准则。向所有在抗疫一线的勇士致敬，也请战士们保护好自己。

荆州医疗条件有限，广东可是把什么家当都搬过来了，用广东话说就是“成副身家畀晒你”（全部家当都给你）。广东医疗队一来就马上从广东引入第三方检测机构，解决当地的核酸检测问题，短短几天就把所有患者集中分类收治到各个医院；不仅捐献 ECMO 设备，还从广东急调一支 ECMO 团队到荆州，向危重症救治发起总攻。所以广东医疗队总指挥有底气说“把重症和危重症患者交给我们”。

荆州一战，我眼中的广东医疗队展现出广东人的果敢、担当、责任、底气和勇气。两地医护并肩而行，我有信心，疫情局势很快就会扭转，胜利的曙光必将来临，而荆楚大地的阳光也必将照亮前方。

广州广播电视台记者：林欣杰 陈智萌

你驰援湖北，我为你服务——记这些逆行的湖北人

广东医疗队到达湖北荆州后，当地全力为医疗队提供生活上的支持保障。例如荆州市洪湖市，虽然目前已经实施战时封闭管理，但却有一群人为了服务广东医疗队而选择了逆行。

李建军是洪湖市一家酒店的工程部主管，广东支援湖北荆州医疗队的首批队员来到洪湖市后，就一直住在他工作的酒店里。李建军说："没想到洪湖一个县级市还有医疗队过来，医疗队来的时候，说句真心话，我们都挺感动的。"

最近听说广东医疗队又有新队员来支援，李建军"着急"了："马上又要住人了。"

原来，医护人员下班后，需要把衣服挂起来消毒，但酒店储备的晾衣架已经快不够了。

李建军告诉我们："医护人员每天也挺累的，回来如果没有晾衣架晾晒衣服，消毒消不好，怕感染了什么东西。"

目前洪湖市实施战时封闭管理，根本买不到晾衣架，李建军决定自己动手做，却又发现连五金材料也没地方买。

李建军表示要做六个晾衣架，但他们这里只有角铁，没有镀锌管，要买。

很快，酒店同事找到当地的村支书。一听是广东医疗队需要的，对方马上联系五金店打开仓库，这下材料齐了。李建军做好了晾衣架，松了一口气："解决了医护人员晾衣服的问题了。"

我们发现，酒店工作人员哪怕只是进入医疗队的换衣间，都要穿上干净的头套、手套和鞋套。李建军说，这样既能不弄脏医疗队的房间，又可以让家人少担心，毕竟妻子已经因为他坚持回去上班的事发脾气了。

李建军说："最后听说医疗队来（酒店），老婆就还说得狠些，说你看医疗队经常接触病人，肯定有点危险。我说医护人员在一线都不怕，我们毕竟在后方。"

今天是李建军离家的第 19 天，等医疗队走后，他还要隔离 14 天才能回家。忙完手头上的事，李建军拿出手机，想告诉妻子自己要上电视了，但因为刚吵完架，这个视频电话能不能接通，李建军心里也没底："家里面的阳台有点漏水，（妻子）叫我回去，但现在又回不去，外面的人去修也修不了，吵架了，估计还在生气，不会接（视频电话）。"

没想到，视频很快就接通，看到对方的那一刻，夫妻俩都忍不住笑了。

昨天洪湖市又有 25 名新冠肺炎患者痊愈出院，而且没有新增的病例。临别时，李建军让我们转告广东医疗队，他和同事们都 24 小时待命，随时为大家服务。

广东广播电视台记者：杨霄 周鹏

◎ 直击现场

细节

和医生相处几天，就会发现他们对细节的苛求，甚至显得有些啰唆。在湖北监利的深圳医疗队队员们正是在苛求细节中，尽最大努力降低感染增加的可能性。

扫码观看视频

深圳卫视记者：隋啸 王鹤宁

2020
2月22日 / 星期六

今天是深圳第二批支援湖北医疗队到达湖北荆州监利县的第9天，也是自深圳医疗队抵达监利以来，治愈患者出院人数最多的一天。

监利县迎来26名治愈患者出院

“刚被确诊入院的时候很沮丧，之后慢慢调节，后来又有广东医疗队来了，非常激动，就像看到亲人一样。”施女士是今天出院的治愈患者之一，她在广州已经生活工作了20多年，过年期间回老家，却不幸感染了新型冠状病毒。

为了给治愈出院的患者送行，深圳医疗队特意为每个人准备了一份礼物。其中之一，就是按照广东习俗送上的四个橘子，寓意大吉大利。

最大限度发挥广东医疗队优势

施女士的家乡监利县是湖北省人口最多的县城，截至2月21日，累计确诊新冠肺炎253例，在荆州区县中排前三位。

虽然监利县的疫情已得到有效控制，出院患者人数也逐渐增加，但目前仍有重症患者1例，危重症患者8例。为了利用最好的医疗资源救治危重症患者，广东省支援荆州医疗队前方指挥部要求，将对来自荆州市石首、公安、松滋、监利四个县的危重症患者采取“集中病患、集中专家、集中资源、集中救治”的四个集中原则，最大限度地发挥广东医疗队在重症医学方面的优势。

据了解，荆州市在广东医疗队的协助下，共建立起了两个重症救治中心，分别位于荆州市第一人民医院和荆州市中心医院。今天下午，监利县将一名危重症患者转往130多千米外的荆州市第一人民医院救治，该医院也是深圳第四批医疗队进驻的医院。

截至目前，深圳共派4支医疗队支援湖北，总计72人，其中，支援荆州队员34人。

深圳卫视记者：王鹤宁 隋啸 李天南 关大军

◎ 前线心声

一线记者完成咽拭子核酸检测

最近做了一次咽拭子核酸检测。其实，咽拭子还有试剂、核酸这样的一类词，我们在报道中是提及得非常多的，但真当我拿到这个试剂盒的时候，心里还是不免有些紧张。经过喉部的取样，然后提交试剂盒送检，再到拿到核酸检测结果：阴性。在这个过程中，其实我一直处于忐忑不安的状态，但是现在想想，觉得自己应该保持一个良好的心态，同时做好自身的防护，时刻保持警惕，相信我们一定能够战胜此次疫情。

深圳卫视记者：王鹤宁 靳阳懿

◎ 直击现场

回家

我们走访了因疫情被“困”在乡间老宅的深圳企业家，欢送了再经两周隔离就能回家的 26 名治愈者。一场疫情，让我们更深刻地体会到家的意义。

扫码观看视频

深圳卫视记者：隋啸 王鹤宁

2020
2月23日 / **星期日**

今天是武汉封城一个月的时间。从昨天拿到的数据来看，出院患者的数量依旧高于确诊患者的数量，我们希望这一趋势能够继续保持下去，同时我们也坚信，众志成城，定能战胜此次疫情。

医务人员都是“发明家”

今天，荆州天气晴。荆州石首市有一例危重症病人成功脱机拔管，我们决定去采访。车程有点远，一路上有不少卡点，都要测体温。路两边村庄都封死了进出的路口，还有人员检查把关，石首市全面严防死守。

抵达石首市中医医院，发热门诊外的广场空荡荡的，只有一位穿着防护服的医务人员在打八段锦，步伐有点沉重，但画面挺有爱的，紧张的心情，突然舒缓了。

这里医疗条件有限，为了避免交叉感染，广东医疗队费了不少心思给出改建意见：一条进入污染区的楼道走廊，加设几道拉门，变成了缓冲区；医护人员把头套设计成了手术室的小挎包，她们称之为“ICU 名牌挎包”，有医护人员说这挎包很快会成为网红爆款。疫情期间，这会比任何奢侈品包包抢手吧。疫情硬生生把医护人员逼成了“发明家”，也算是给紧张的救治工作减压。

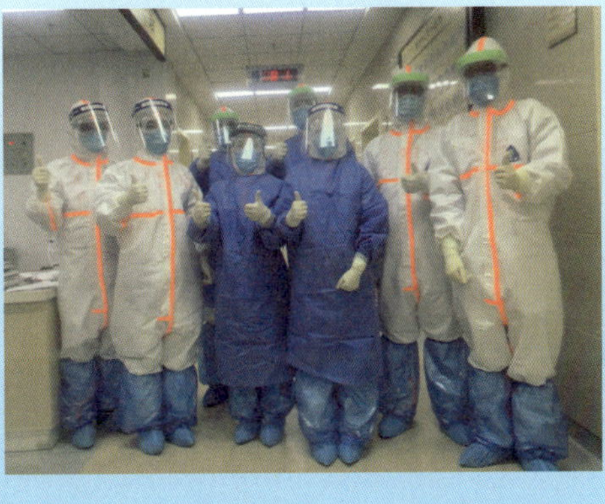

在采访中，广东支援石首医疗队领队孙小聪拉着我们说，要多写一下他的队员们，他们不远千里来到这里，只为了守护患者。他们面对着各种从未遇到过的困难，依然坚定信心，迎难而上。孙小聪说：“当你害怕的时候，病毒就更狡猾了。无论是医护还是患者，我们都要有勇气，才能战胜病魔。”

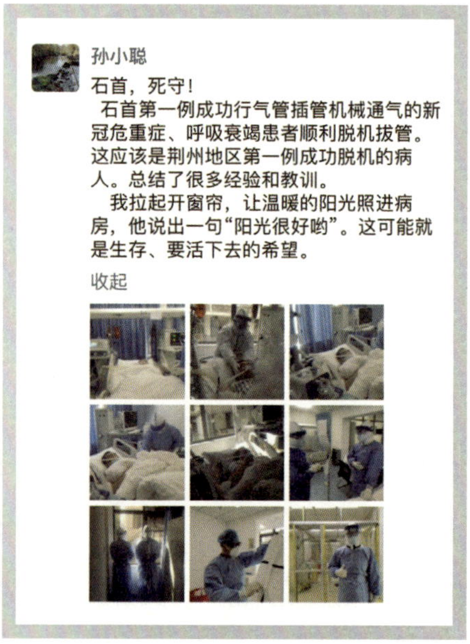

在危重症病人成功拔管后，孙小聪在朋友圈发文：“我拉起开窗帘，让温暖的阳光照进病房，他说出一句‘阳光很好哟’。这可能就是生存、要活下来的希望。”寥寥数语，充满力量，也许这就是医护人员口中所说的“一切都是值得的”。

广州广播电视台记者：林欣杰 陈智萌

运转顺利，武汉客厅方舱医院两周出院 142 人

深圳首批援鄂医疗队在武汉客厅方舱医院开展工作已有两个星期，各项操作规程娴熟，在医护人员们的精心护理下，截至 23 日，舱内出院病患累计 142 人。我们跟随深圳医疗队 5 名医护人员一同入舱，记录了一线医护人员的工作。

经过三道门，我们才走进武汉客厅方舱医院内。正值早晨交接班时间，医护人员刚一到就开始给病人分发早餐。

舱内重点关注的对象是有既往病史的患者，医生要给他们测血压和血糖。

为了更好地救治患者，广东医疗队每天上班由不同的带班医生和护士负责，还在微信建了病友群，方便医生轮班时不间断地沟通患者情况。深圳医疗队的护士李颖芝也用纸记录下每天当班时自己照顾的病患的病情。

在工作站，医生要制定药方，同舱外的医疗专家进行远程诊疗，上报病人病情以确定病人出院时间。

各地医疗队的加入加速了武汉新冠肺炎患者的诊疗过程，目前武汉客厅方舱医院出院患者已有142人，从2月20日开始，武汉已经连续三天新增出院人数超过新增确诊病例数。

深圳卫视记者：靳阳懿 杨阳

钟南山在远程会诊时说，当务之急是……

今天下午3时，广东支援荆州医疗队前方指挥部特别邀请钟南山院士等广东省医疗救治组专家指导远程会诊。钟南山在广州与医疗队进行了视频对话。

在视频连线中钟南山提到，一些新的治疗药物和试剂正在研制当中。“国家新批了两种检测试剂，这对于鉴别新冠肺炎、流感和副流感是很关键的，把它们鉴别出来是当务之急。”

为何这是当务之急呢？

第一，把新冠肺炎患者和正常人分开；第二，把新冠病毒感染者和流感病毒感染者分开，否则人传人不会停止。

在远程会诊中，钟南山还讲道：“荆州的情况已经开始有转机，也就是说广东医疗队去了以后，对促进医疗工作走向正轨起到了很好的作用。”他提到，整个湖北昨天（2 月 22 日 0—24 点）的新增病例是 630 多例，绝对数值是下降的，接下来应集中力量救治重症患者。

深圳卫视记者：王鹤宁

◎ 前线心声

战荆州、闯洪湖——与生命赛跑

我不知道这场战斗会持续多久，但我一定会拼尽全力直至战斗胜利！今天在网上看到一个视频，其中有句话戳中了我的泪点，一位湖北籍患者康复出院时哽咽着对记者说：“说星星很亮的人，是因为他们没有看过护士和医生的眼睛……”

没有从天而降的英雄，只有挺身而出的凡人！在党的正确领导下，在全国人民齐心协力的帮助下，我们一定会取得最后的胜利！

洪湖加油！

湖北加油！

中国必胜！

支援洪湖医疗人员、南方医院介入科主管护师：郭迎春

◎ 直击现场

同道

同道，是医生之间互相称呼的方式。无论是身处一线的医护人员，还是远程会诊的钟南山院士，他们都在为同一个目标奋斗，那就是治病救人 。“健康所系、性命相托”，这是所有医学生誓言的第一句，这也是同道的意义。

扫码观看视频

深圳卫视记者：隋啸 王鹤宁

2020
2 月 24 日 / 星期一

从除夕夜首批援助湖北武汉的广东医疗队出征至今，广东亮出“家底”，与湖北并肩战“疫”，全力支援武汉，责任包干对口支持荆州。一个月过去了，广东开出了哪些“粤式药方”，效果又如何呢？

援助湖北足月，广东医疗队开出“粤式药方”

广东第一批援助湖北医疗队领队郭亚兵表示：“（汉口医院）一天的门诊量有 2000 多人次，它已经到了极点，汉口医院实际上就是整个武汉医疗战线的缩影。”

一张在开往武汉的高铁上，钟南山院士闭目凝思的照片，让网友泪目。就在今天，他又一次与武汉的广东医疗队队员们视频连线远程会诊。

广东省中医院的医生采用中西医结合治疗的方法对症下药。收治的 124 个病人中，出院跟转出的病人已经达到 50 人。

截至 2 月 23 日，广东援助湖北武汉医疗队累计收治患者 3055 人，治愈出院 312 人。其中，接管病区累计收治患者 923 人，治愈出院 177 人，出院率 19.18%。

按照习近平总书记和党中央统一部署，广东支援湖北荆州医疗队第一批成员 108 人在 2 月 11 日星夜抵达荆州，与海南共同对口支援荆州新冠肺炎防治工作。12 天的时间，广东支援荆州医疗队不仅开出了“粤式药方”，还展现了广东理念与广东速度。广东支援荆州医疗队前方指挥部第一时间将南方医科大学南方医院整建制 86 人增援荆州疫情最严重的县级市洪湖，并且在不到 24 小时的时间里搭建起核酸检测平台。

广东支援湖北荆州医疗队队员、南方医科大学南方医院感染内科副主任孙剑告诉记者："从前洪湖市是没有资质开展核酸检测的。这样的一个检测平台启动以后，大大加速了疑似病人转为确诊的效率。在对荆州疫情的严峻形势进行详细研判后，广东医疗队与当地政府共同决定搭建两个危重症治疗中心，从定方案到运行，同样不到 24 小时。"

广东支援湖北荆州医疗队前方总指挥黄飞说："我们的考虑与当地党委、政府的考虑，目标是一致的，就是为了救人、救人、救人！"

在广东支援湖北荆州医疗队前方指挥部，一幅《广东援荆医疗队作战指挥图》十分抢眼，10 面鲜艳的小红旗代表着广东 570 名医务人员在荆州全域展开疫情防治。12 天的时间，荆州共出院 681 例患者，是此前累计出院人数的近 10 倍，重症、危重症患者减少 80 例，治愈率大幅提升。

广东广播电视台记者：周鹏 杨霄 黄嘉莉 臧穆 齐柳 曹雉文

你上"战场"，后方有我

今天，荆州天气晴。一早我们再次来到了荆州市中心医院。跟前几天相比，集中收治重症病人的大楼管理更严格了，各个出入口都增加了人员把关，大家都换上了厚厚的防护装备，并都很自觉地把护目镜戴紧一点，让人"望而生畏"，却也感到欣慰——说明医护人员的防护问题受到关注，已经搭建起了前线安全堡垒。

荆州引入广东经验，在荆州市中心医院设置医院感染监督员的岗位。广东支援湖北荆州医疗队救治组组长反复强调监督员岗位就是要密切关注医护人员的防护，“要确保我们的队员不害怕，保证我们的队员敢上去，让他们敢近距离观察病情”。

跟着护士长走进了收治病人的大楼，护士长突然加快了脚步。里面的医护人员像上了发条一样，忙而不乱。来到医务人员进出通道，穿脱室里整齐贴满了穿戴顺序图解，很详细。医护人员穿戴防护用品有 30 多个步骤，再熟悉的人也难免会有遗漏的环节。

监督员帮一名护士检查口罩的气密性，发现有小气孔，她用力把口罩紧紧地压在护士的脸上。她一丝不苟，不遗漏任何一个小细节。过了 20 多分钟，这名护士才把一身装备穿好，最后还要对着镜子反复检查。

这名护士走向了污染区，推开大门，没有回头，迅速把门关上，只留下义无反顾的身影。我想，穿过这一扇门，就是战场了。

新冠肺炎疫情暴发后，医护人员纷纷请战，相继奔赴抗疫前线。截至目前，超过 3000 名医护人员被感染，有的不幸殉职。一线的医务人员把风险留给自己，把希望留给他人，但不要让为我们拼命的人，真的拿命去奋

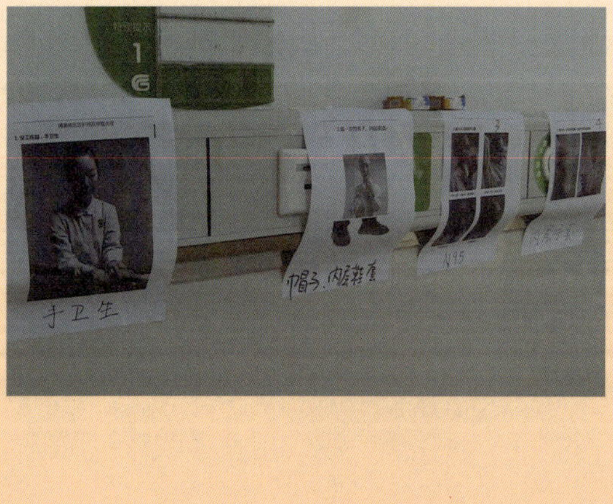

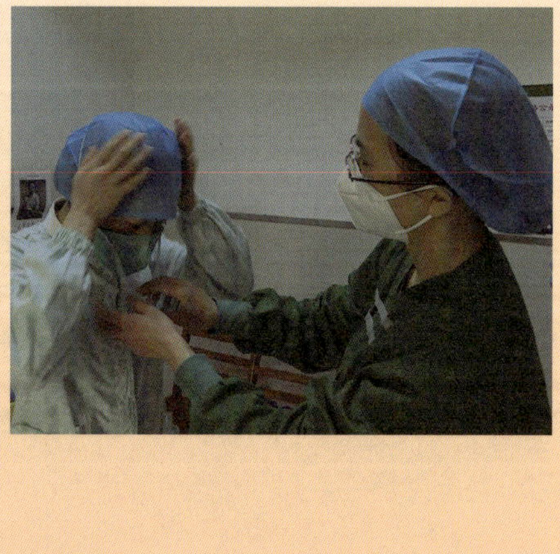

战。有监督员说："院感就是一个穿针引线的活，串起所有的疫情防控工作，我的使命，就是要保证所有人的安全，要把大家安全地带回去。"

在疫情防控中，有很多人在努力，有在病房里与病魔抗争的医护人员，还有很多在背后保驾护航的人，他们看起来虽不像战场上的勇士那样轰轰烈烈，却多了一份有担当的守护，筑牢抵御疫情的"防火墙"，让一线的医护人员"百毒不侵"。

广州广播电视台记者：林欣杰 陈智萌

多亏了他们，84 岁患新冠肺炎的"网红奶奶"能下地走路了

不久前，抖音上 88 岁的冯爷爷在病房中打着点滴，照顾同时感染上新冠肺炎的 84 岁妻子李奶奶的爱情故事，想必看哭了许多网友。

这对乐观积极的白发眷侣，已经成了汉口医院呼吸七病区的"宝贝"。而冯爷爷一直放在心尖上的老伴李奶奶，在医护人员不懈努力下，如今终于能重新站起，和冯爷爷一起相搀着继续走人生路了。

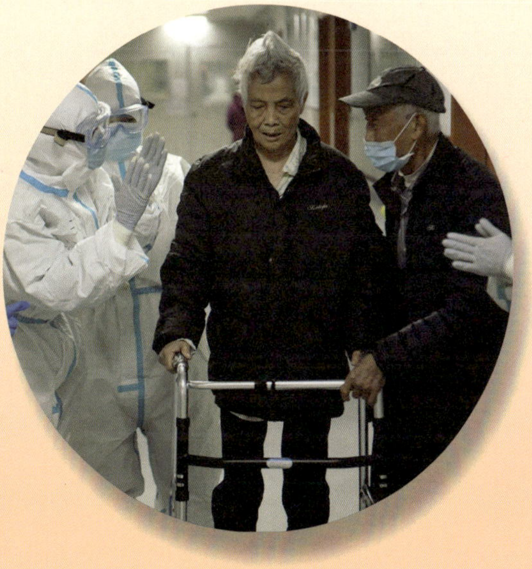

据第二批广东医疗队队长、中山大学附属第六医院副院长姚麟介绍，他们为李奶奶

“量身定制”了多学科团队的个性化治疗和康复训练。除了积极治疗新冠肺炎外，还按照五阶梯原则为李奶奶制定了个性化的营养治疗方案，全队齐心协力，帮助李奶奶尽可能进行适度的锻炼复健。

由于李奶奶一直卧床，第二批广东医疗队护理组除了帮忙不断翻身预防压疮外，还帮助清理大小便。护理组时刻关注李奶奶的动态，无法用言语沟通，便耐心留意李奶奶的各种异常动作；冯爷爷要亲自喂李奶奶，医护人员便细心地帮李奶奶垫好承接的手绢或纸巾。为了照顾李奶奶，冯爷爷也经常吃不下一份饭，医护人员便为两位老人家都加上了营养粉，保证老夫妇能摄入足够的营养。

第二批广东医疗队内虽然没有康复专业的成员，但每个人都在努力帮助李奶奶进行康复训练。从拉手开始，循序渐进，慢慢引领扶着李奶奶坐起身。一开始，因为各种病症的困扰，李奶奶不愿配合，但队员们毫不放弃。功夫不负有心人，“奇迹”发生了：今日早上，李奶奶开始能自己坐起来进食馒头；晚上，便在医护人员和老伴的搀扶下，踏出了让所有人雀跃不已的几步。来自广东省妇幼保健院的护士周文姬感叹道：“我让她先拉着我的手躺下，然后我拍着胸脯说‘来我怀里’，她竟然就突然自己坐起来了，可把我感动坏了。”

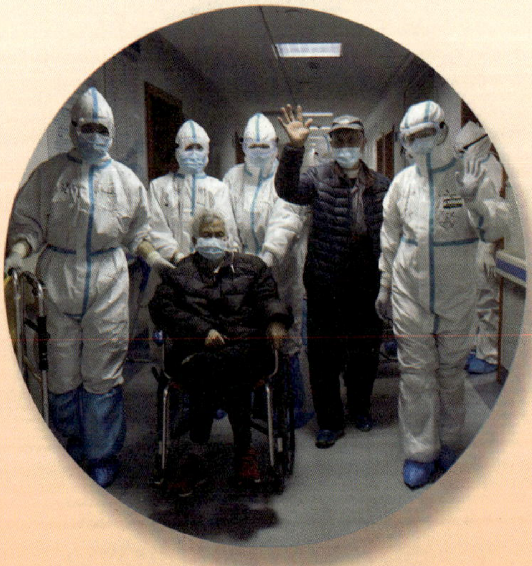

据悉，在全队的通力合作和努力下，88 岁的冯爷爷其实早就达到了出院标准，但是为了陪伴李奶奶，他还暂时留在病区里。这对老夫妇相濡以沫陪伴 70 年，谁也舍不得让冯爷爷先出院离开，李奶奶每恢复一分，冯爷爷脸上的笑容就更深一分。终于，在大家不断的努力和康复训练下，几天后，李奶奶“不负众望”，也达到了出院条件，并且可以完全自主进食和行走。据姚麟介绍，爷爷奶奶属于该病区照顾老人的典型案例。累计收治在呼吸七病区的 150 名患者中，超过 60 岁的有 84 人，超过 80 岁的有 23 人，超过 90 岁的有 2 人，大多数患者的情况在好转。接下来，该病区还将会有一批 80 岁以上的患者治愈出院。

广东广播电视台记者：黄嘉莉 臧穆

◎ 前线心声

他们才是最好的

他们年都没过完就来监利了。我们特别感谢，不知道有什么能为他们做的。我听人说，他们比较缺零食，后来就买了监利的一些特产给送过来。真的特别感谢他们，他们是逆行者，知道吗，他们才是最好的！

为广东支援湖北医疗队送去零食的监利县爱心人士

◎ 直击现场

告白

他们，不是从天而降的英雄，只是挺身而出的凡人。2 月 24 日，是深圳第二批支援湖北医疗队 17 名队员抵达荆州的第 11 天。一边是在前线与病魔争分夺秒的较量，另一边是对远方家人的绵长思念。今天，来听听他们对父母、爱人、孩子的深情告白。

扫码观看视频

深圳卫视记者：隋啸 王鹤宁

2020
2月25日 / 星期二

身处和平年代的我，除了军演没有真正上过战场。那么，这一次战“疫”，对于自己来说，能够在疫情一线亲身经历并参与到里面去，本身就是珍贵的。全国各地的医护人员不断地加入这场抗疫战斗，我用镜头记录下身边的人和事，就是要让大家知道，危急关头下的中国人众志成城、团结一心，目的就只有一个，必须打赢这场战役。

“满月”，记我来武汉的这些日子

武汉在我的印象中也是一座大城市，美食之城，有鸭脖、小龙虾、豆皮、热干面等。飞机起飞前，空乘人员列队现场播报：这是一趟不寻常的旅途，你们即将奔赴疫情一线，一定要健健康康把家还，武汉加油！整个机舱都是静悄悄的，鼓掌的声音缓解了一些紧张和压抑的气氛——因为谁都不知道要去的地方现在是什么样的状态。快要落地的时候，我在飞机靠窗的地方想看看武汉的夜景，然而我只看到好像是长江大桥上的一排灯光。落地后，才发现机场完全是关闭的，只能走下飞机到大巴车上。至于当时去哪里、干什么，一切都不知道，随着大队伍一起走就行了。当时下着雨，我还穿着适应广州气温的衣服，非常冷。整个城市只剩安静，看不见人，一切都是寂静的。

第一次进医院，刚到门口全部人员就下车了，路边三个大垃圾桶，全部扔满了口罩。医生们立刻呼吁保持距离，因为这些很可能都是病人扔掉的。刚拐个弯，就见到里面穿着防护服的大批工作人员，那种白色的衣服特别扎眼。刚好那天天气阴沉沉的，有点透不过气，我自己和同事说话，感觉都要小心翼翼，好像整个医院上方笼罩着什么。医院门诊里还有很多患者在排队，他们穿着厚重的棉袄，蜷缩着身体，还有一些步履蹒跚的患者被人搀扶着走出医院。坐在树下的一位老奶奶一直不停地咳嗽着，感觉很痛苦。此时心都是揪着的，看到这一幕很心酸。

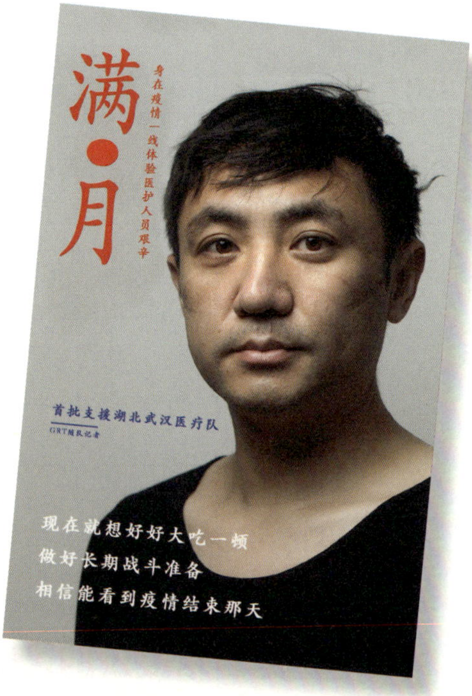

广东首批医疗队接手汉口医院的第二天，我们才进入重症病房。有点不敢靠近，也怕他们不愿意面对镜头，不过大多数的患者表示理解，因为广东医疗队接手了，让他们看到了希望。首批进入的都是精兵强将，都是来自广州各大医院的专家及专业对口的医护人员。很多人都在坚持，有的患者还主动打招呼，说自己很有信心。

医生们从进入病房的第一天，就开始了轮班制度，所有人都有一个坚定的信念，就是一定要打赢这场疫情战。一天四个班次，每天走路上下班。我在进入病房也穿着和他们一样的防护服时，才真的体会到他们的痛苦。后来我同医护人员说，这套衣服穿上后就折损了三成战斗力。他们说：“对的。闷，喘不过气。患者的心态很重要，所以我们都会耐心地去解释并给患者全方位的护理。患者有大小便失禁的，没有护工，医生护士一起上。氧气瓶 55 千克一个，一天要搬 100 个左右。”我最真切的感受就是，他们才是最辛苦的白衣卫士。他们也是有压力的，女护士会在洗手间偷偷地哭一会儿，说哭过了就好了；住在我隔壁的男医生，每天洗澡都会放声歌唱。

这些都是他们减压的方式吧。

想过万一那个啥，感觉自己身体还不错。医疗队嘛，应该不会让我转为重症，相信自己的免疫力。平时工作中在防护上不能马虎大意，严格按照医生要求的流程来。最重要的是，离开病房脱离防护服是重中之重，自己不能沾染，更不能带病毒离开，为自己负责也是为他人负责。因为医疗队是一个整体，如果有一个感染，后果不堪设想。

整个月的生活状态，那就是一月如一日，每天首要的就是进行突发性的实时新闻采集，然后是专题人物的跟踪。生活方面，平时我比较自律，目前算是个“战时”的状态，所以变化不会很大。吃好、睡好、休息好、防护好，才能更好地工作。

广东广播电视台记者：臧穆

如果不能置身事外，就选择继续坚守

2 月 25 日，荆州天气晴，有点暖和了。早上坐车出发去监利县，车窗外闪过的树上没有叶子，只有一些鸟窝，不见鸟儿的踪影。

我们在监利县跟拍广东医疗队的专家做流行病学调查。来到茶庵小区的疫情防控点，当地工作人员严阵以待。看到我们这些陌生的面孔，马上要我们出示身份证、测体温。我偷瞄了一下登记册，上面来访人员每一项信息都填写得清清楚楚，尤其是体温，一点都不含糊。

走进小区，安静得能听清脚步声，坚守家中的居民陆续从两边的楼房探出身子四处张望。很明显，他们已经在家待了很久，一点儿声响也在不经意中惊动了他们。

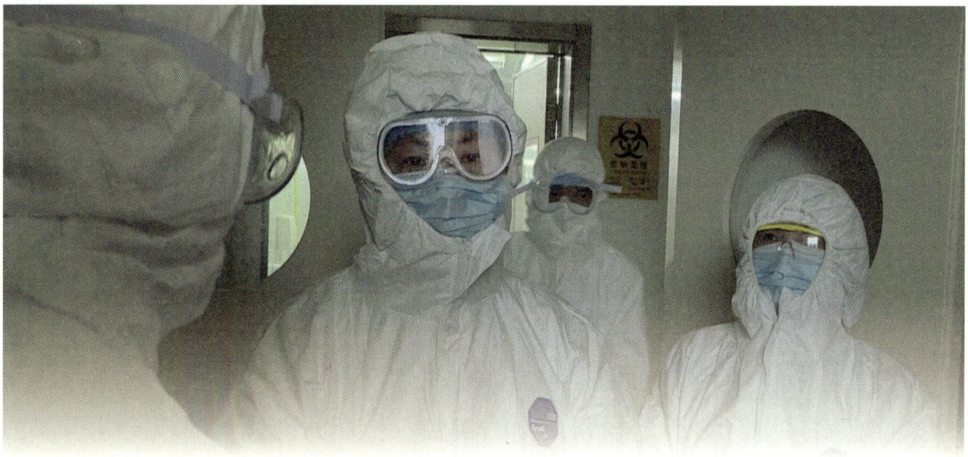

有人调侃说，每天透过窗户看天空，如果不是能感受到窗外吹来的风，真以为是一幅静止的画，但他们却没有了望窗外如赏画的雅趣。在网上留意到一些疫情严重的地区，管控措施还在持续，有志愿者把必需的生活物资送到小区，居民有序排队领取，但也有人已经开始按捺不住压抑的情绪，与社区管理员或志愿者发生冲突。在疫情向好的情况下，每个人都继续经受着各种考验。

面对着这次突如其来的疫情大考，有人选择逆行坚守岗位，有人选择宅在家里不添乱。我们每个人做的可能都不多，但是都有用。病毒或许打乱了我们的生活节奏，但在疫情面前，我们也有自己的坚持和坚守。当城市陷入黑暗时刻时，每个人都在用力发光，驱赶阴霾。

广州广播电视台记者：林欣杰 陈智萌

◎ 前线心声

我们从未被沮丧打倒，我们身后有千家万户

20 天前，我随广东援鄂医疗队乘南航包机直飞武汉，机场空荡的大厅和紧闭大门的商铺，让“战场的硝烟”扑面而至，心中第一时间敲响了战斗的鼓声。时光如流，转眼间已在前线度过了难忘的三周，有悲伤更有激昂——悲伤于患者离世，激昂于疫情好转。我们从未被沮丧打倒，从未被艰苦吓退，从未放弃希望，也从未停止前进。因为我们是国家的精兵良将，因为我们身后有千家万户，我们共同组成了抗疫的百万雄师。

中山大学孙逸仙纪念医院内分泌科主治医师：王晓艺

◎ 直击现场

生日

2 月 25 日，深圳第二批支援湖北医疗队队员悄悄为两位过生日的战友策划了一场生日惊喜。由于荆州监利县封城，一切只能从简，但是他们并肩作战的情谊、彼此交换的真心将成为镌刻在生命中最难忘的生日记忆。所有的祝福都化作一句朴素的话语：愿平安归来。

扫码观看视频

深圳卫视记者：隋啸　王鹤宁

2020
2月26日 / 星期三

旁边的护士长叮嘱我们："你们一定要做好防护，我们都是广东来的，一起来，一起回家。"简单的一句话，此时此刻，却如此暖心。

疫情结束，我们一起回家

2月26日，荆州转凉了。

傍晚，我决定去广东医疗队的驻地探营，在酒店的八楼遇见了广州红十字会医院的医护人员，在荆州能听到熟悉的粤语家乡话，分外亲切。

一名护士刚下班回来，她说，今天只值班6小时。在昏暗的灯光下，她看起来没什么精神，疲惫不堪，但她还是忍不住给我们分享了在病房里的一些经历。她说ICU里的一位老奶奶，经过几天的治疗，情况好转了。辨认穿着同样防护服的护士们会很难，但老奶奶在短短的几天里，通过声音把她记住了，这也是她坚持进入病房的动力。说着说着，她脸上洋溢着欣喜的笑容。

采访期间，这名护士接通了家里的视频电话。她三岁半的儿女很懂事，说自己可以坚持把衣服洗干净，等妈妈回来。看到这里，这名护士的眼睛湿润了。她说，疫情结束后，想做的第一件事就是回去看看80多岁的父母，好好珍惜跟家人团聚的时光。

晚上跟家人视频通话，成为这里每一位队员的固定动作，每个人都有着自己的故事。他们只是平凡的人，他们在传递着坚强，传递着感动。

离开的时候，留意到酒店的门卫由当地的民警充当，平时医护人员走路上班，民警还会一路护送。我想，在疫情中逆行的白衣天使，的确配得上这样的礼遇。旁边的护士长不忘嘱咐我们：“你们一定要做好防护，我们都是广东来的，一起来，一起回家。”简单的一句话，此时此刻，却如此暖心。

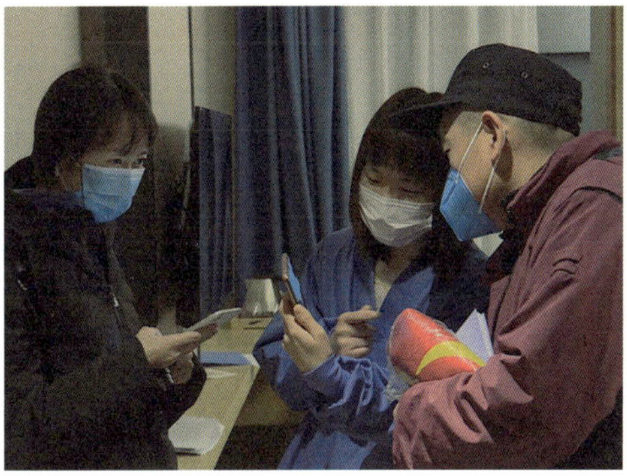

广州广播电视台记者：林欣杰 陈智萌

火神山里的“婆婆嘴”

在这场全民抗疫阻击战中，医护人员战斗在最前线，不过除了紧张的医护任务外，他们也有可爱的另一面。

武汉火神山医院护理部的副主任宋彩萍有 30 年护理经验，每天进入红区前，她都要在缓冲区反复唠叨，嘱咐队员做好防护。

“流程图，这个流程图有时候我们天天做，都不见得会记得非常准确。所以我带他们每次进出，都是看着图来，不是我凭记忆给他们说。”宋彩萍常追在队员身后提醒他们做好安全防护，被称为火神山里的“婆婆嘴”。

提起宋彩萍，病区中的医护人员这样说道：“她的这个婆婆妈妈，是一天到晚都在说，在我们科室里面完全是一种‘话疗’，这就是一种治疗。她在，就感觉有人陪着你，盯着你，护着你。”

深圳卫视记者：靳阳懿 杨阳

广东省战“疫”提前布局，核酸检测能力威显荆州

在抗击疫情的斗争中，一项技能令广东对口援助荆州医疗队如虎添翼。新冠肺炎检测确诊时间由平均 8.8 天缩短至 0.9 天，3 天完成了 4000 多例密切接触者的筛查。这项“威猛”的技能就是核酸检测。广东医疗队建立的洪湖人民医院核酸检测实验室，截至 2 月 25 日晚，已完成 4000 多例样本的检测。核酸检测能力的提升，大大缩短了患者新冠肺炎的确诊时间，加快了对疑似患者和密切接触者的筛查，为分级分类诊疗、尽收早收、精准施策打下良好的基础。

“核酸检测，是广东一个重要的抓手。”广东省支援助湖北荆州新冠肺炎防控前方指挥部相关负责人说。

“广东有一个优势就是检测机构比较强大，而且这些检测机构已经在参与广东省抗击疫情的检测工作，在湖北也设有分支机构。出发前讨论的时候，就有省领导提示在队伍组建时可以加入第三方的检测机构，布置在荆州，果然他们在这里发挥了很大的作用。”前方指挥部相关负责人说。

深圳卫视记者：王鹤宁 隋啸

◎ 前线心声

人文关怀有助于提升治疗效果

除对新冠肺炎患者进行医疗救治外，我特别关注患者的心理和情绪。对患者精神状态的理解与共情，给予他们更多人文关怀，能使医患双方更好地沟通，建立彼此间的信任，有助于增强患者战胜病魔的信心，在一定程度上有助于提升治疗效果。

广州医科大学附属第三医院重症医学科副主任医师：高元妹

◎ 直击现场

探访广东援荆医疗队驻地

离开医院后，广东医疗队队员在做什么？

扫码观看视频

广州广播电视台记者：林欣杰　陈智萌

2020
2月27日 / 星期四

在这场战“疫”中，除了逆行者，所有人都是同行者，前线的医护工作者不畏艰险，奋勇战“疫”，后方的我们则各尽其责，哪怕是为前方做一点点力所能及的事，就是给奋战在前方的战士的最大支持和鼓舞！

前方有你，后方有我

2020年的春节，新冠肺炎疫情突然袭来，全国多地的首批医务人员在大年三十的晚上，临危受命，义无反顾地奔赴抗疫最前线——武汉。南方医科大学珠江医院的吴锡平医生就是其中之一。吴医生的爱人也是珠江医院的一名战士。夫妇两人虽然相隔千里，却同时奋战在抗疫最前线。为了全身心投入救治工作，吴医生夫妇只能将8岁的儿子和2岁的女儿送回茂名老家，由爷爷奶奶照顾。

广州市海珠区昌岗中路小学的何新茹老师，是吴医生大儿子铭卓的数学老师。她从珠江医院的公众号里知道这个消息后，多次与吴医生家电话联系，表达自己和班级其他家长的敬意，并希望能让自己来照顾孩子的生活和学习。何老师两周前刚做完手术，还在休养期，吴医生考虑再三，婉拒了何老师。

受疫情影响，学校延迟开学，2月17日，何老师一边准备着线上数学教学课，一边默默地关注着铭卓同学的动向。何老师发现铭卓参与直播课的频率不高，由于吴医生所在医院工会一直和铭卓的学校保持联系，何老师从学校获知原来铭卓已返回茂名老家，碰巧和自己同在一地。何老师再次拨通了吴医生的电话，热情地邀请铭卓到她家里来学习。这一次，吴医生终于同意了。

两家相隔半小时的车程，铭卓爷爷奶奶年纪大了，天天来回接送不方便。于是，何老师邀请铭卓在自己家住下。何老师的儿子与铭卓年纪相仿，两个小男孩儿很快就熟悉起来，一起吃一起睡，一起玩一起学习。为了让前线的吴医生夫妇安心工作，何老师和两位家长组建了一个名为“抗疫后盾团”的微信群，每天会发一些生活、学习的图片和视频，再配上一些暖心的话语，让吴医生夫妇随时可以在群里看到儿子学习、生活的情况。

27 日，吴医生从湖北前方给学校和老师们发来感谢信。

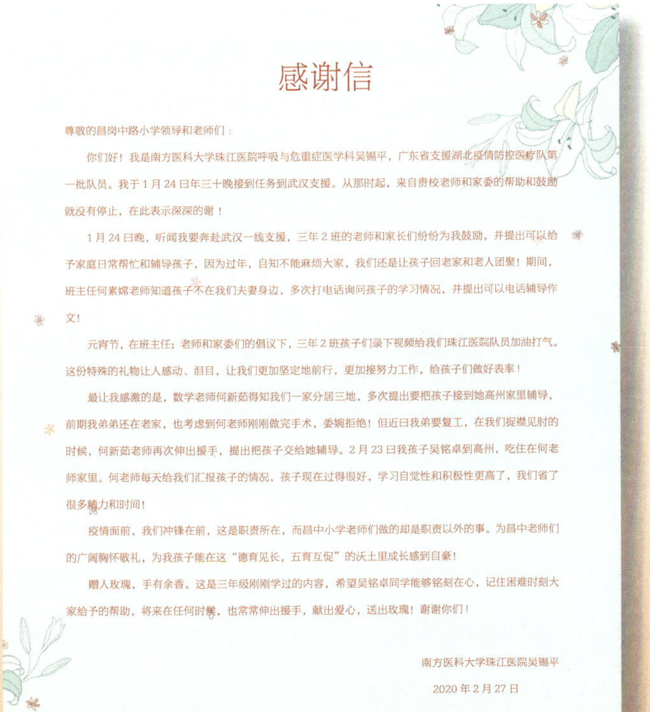

感谢信

尊敬的昌岗中路小学领导和老师们：

你们好！我是南方医科大学珠江医院呼吸与危重症医学科吴锡平，广东省支援湖北疫情防控医疗队第一批队员。我于 1 月 24 日年三十晚接到任务到武汉支援。从那时起，来自贵校老师和家委的帮助和鼓励就没有停止，在此表示深深的谢！

1 月 24 日晚，听闻我要奔赴武汉一线支援，三年 2 班的老师和家长们纷纷为我鼓励，并提出可以给予家庭日常帮忙和辅导孩子，因为过年，自知不能麻烦大家，我们还是让孩子回老家和老人团聚！期间，班主任何素媏老师知道孩子不在我们夫妻身边，多次打电话询问孩子的学习情况，并提出可以电话辅导作文！

元宵节，在班主任；老师和家委们的倡议下，三年 2 班孩子们录下视频给我们珠江医院队员加油打气。这份特殊的礼物让人感动、泪目，让我们更加坚定地前行，更加接努力工作，给孩子们做好表率！

最让我感激的是，数学老师何新茹得知我们一家分居三地，多次提出要把孩子接到她高州家里辅导，前期我弟弟还在老家，也考虑到何老师刚刚做完手术，委婉拒绝！但近日我弟要复工，在我们捉襟见肘的时候，何新茹老师再次伸出援手，提出把孩子交给她辅导。2 月 23 日我孩子吴铭卓到高州，吃住在何老师家里。何老师每天给我们汇报孩子的情况，孩子现在过得很好，学习自觉性和积极性更高了，我们省了很多精力和时间！

疫情面前，我们冲锋在前，这是职责所在，而昌中小学老师们做的却是职责以外的事。为昌中老师们的广阔胸怀敬礼，为我孩子能在这“德育见长，五育互促”的沃土里成长感到自豪！

赠人玫瑰，手有余香。这是三年级刚刚学过的内容，希望吴铭卓同学能够铭刻在心，记住困难时刻大家给予的帮助，将来在任何时候，也常常伸出援手，献出爱心，送出玫瑰！谢谢你们！

南方医科大学珠江医院吴锡平

2020 年 2 月 27 日

广州广播电视台记者：林欣杰 陈智萌

广东医疗队创建小型 ICU，加强对危重症患者救治

我们广东医疗队有多个医院的队伍，目前正支援华中科技大学附属协和医院西院区的医疗救治工作。其中中山大学孙逸仙纪念医院医疗队，为了集中力量做好危重症病人的救治工作，在有限的条件下创立了一个小型ICU——“逸仙病房”，并运用重症医学科诊治流程和管理方式，加强对危重症患者的深度救治。

近日，在华中科技大学附属协和医院西院区东七区，广东医疗队中山大学孙逸仙纪念医院负责的病区，一个小型 ICU 通过就地取材在普通病房里建立了起来。

广东医疗队中山大学孙逸仙纪念医院副院长许可慰告诉我们：“把一间大的病房中的6个人的病床改造成4个人的ICU病床，当中配备了呼吸机，配备了供氧设备，那些很有经验的重症医学 ICU 的医生和护士就能在这里集中救治重症病人。”

据了解，目前该病区设 48 张床位，全部收满，均为新冠肺炎重症病人。为了集中力量对危重症病人进行救治，降低死亡率，同时利于其他重症病人的康复，广东医疗队在有限的条件下进行了硬件设备和诊疗流程的改造。

许副院长表示，在较轻的重症病人旁边有危重症病人进行抢救，就会妨碍这个重症病人的康复和休息，所以想在有限的条件下，进行适当的改造，希望对不同类别患者都更有利。

我们了解到，病房同时还会组建“医护一体化”的查房模式，让医生和护士组建成一个相对固定的诊疗团体，打破以往医患和护患两条平行线的模式，让医生和护士可以跟进患者从治疗到康复的整个过程。

广东广播电视台记者：黄嘉莉 臧穆

ICU 里的救兵

面对新冠肺炎疫情在湖北全省的严峻形势，2 月初，在中央全面部署下，一个由 19 省份支援湖北省武汉以外 16 个市州的对口支援机制迅速建立起来。广东、海南对口支援湖北荆州。号令之下，2 月 10 日至今，广东分三批次、共 566 名医疗队员直奔疫情最前线，马不停蹄奔赴荆州 6 个县市区及 3 家市级医疗机构，迅速摸清荆州疫情防治工作“困”与“路”，与海南医疗队、荆州市携手，合力攻坚，跑出广东速度，拿出广东方案，干出广东水平。

湖北，荆州，洪湖，2 月 17 日，记者杨霄进入洪湖市人民医院 ICU 拍摄。

一名病人正好被送入 ICU。

“来吧，把这个床降低一点。”

“一、二、三！”

这是洪湖市人民医院经过广东医疗队的专家团队改造之后的 ICU 收治的第 17 名新冠肺炎重症患者。

广东援荆州医疗队队员、广东省第二人民医院重症医学科主任刑锐接受采访时说：“收治现在是很快的，咱们是昨天把这个病房腾出来，晚上连夜就搬了。这 20 张床要是用好了，能使重症病人死亡率迅速降下来。”

荆州的新冠肺炎患者确诊人数在千人以上，是除武汉外疫情最严重的三座城市之一。2 月 11 日，广东省第一批对口支援湖北荆州医疗队抵达后，其中 85 名来自南方医院的专家和护士、两位省级重症专家成建制驰援荆州疫情形势最严峻的洪湖市。

广东省支援湖北荆州新冠肺炎防控前方指挥部总指挥黄飞说：“荆州的疫情防控重中之重在洪湖。它的重症也最多，它的危重症也最多，它的病例数、重症数和危重症病例数都占了整个荆州的 25% 左右。对荆州来讲，洪湖胜则荆州胜。”

洪湖疫情严重，却没有一间收治新冠肺炎重症、危重症患者的 ICU。

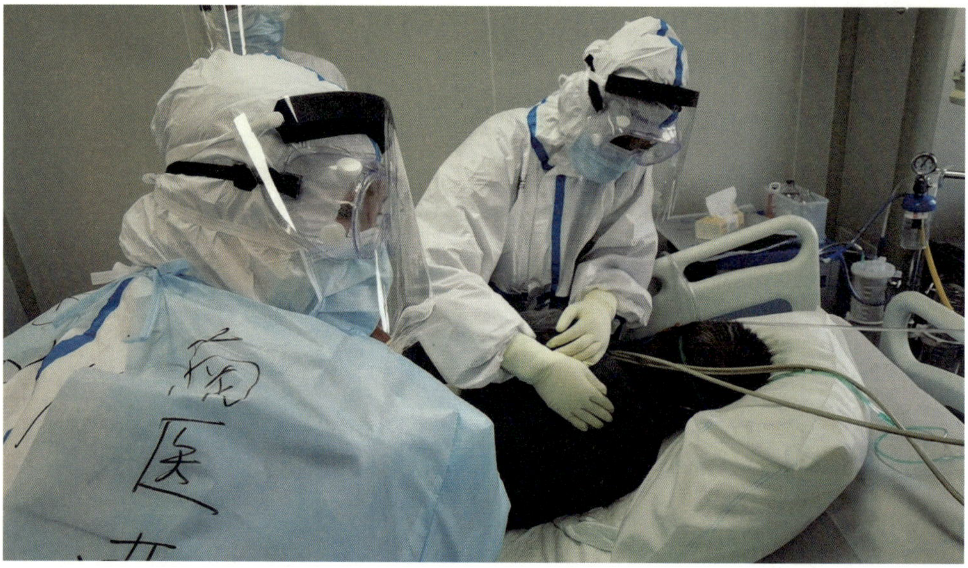

在广东医疗队抵达的第三天，56 岁的广东省重症专家邢锐冒着风险为两位病情危急的重症患者实施插管手术，挽救了两个生命。

要降低死亡率，洪湖必须有一间新冠肺炎重症 ICU。仅用了 24 小时，在广东医疗队的帮助下，原有的普通重症病房改造成了这个有 20 张病床、专门收治新冠肺炎重症、危重症患者的 ICU，这对扭转洪湖的疫情有重要意义。

ICU 里，一位患者的病情突然急转直下。护士马上轮流为他拍背、吸痰。专家紧急穿戴正压头套，做好进行气管插管的准备。

“那个病人血氧饱和度下降，我们怕他痰堵住。”

“准备插管了。酒精、生理盐水，然后再准备一个 7 号半气管插管。”

一名护士转身，杨霄看到她背后写着“曹赛，与生命赛跑”。

在这里，与时间和生命的赛跑每时每刻都在进行，从广东和洪湖的力量合二为一的那一刻起，他们赢得了宝贵的时间。

广东对口支援湖北荆州。在疫情最严重的洪湖抗击第一线，拼速度的还有他们。

广东支援湖北荆州医疗队队员、金域医学检验中心工作人员李慧源受访时说："满负荷运转的话，我们每天可以检测500人的样本，现在检测最大的意义是尽快把没有确诊的病人通过这个核酸检测诊断出来。"

在荆州，洪湖离武汉最近。在武汉实施封城管理之前，近5万人从武汉返乡回到洪湖。这个庞大的数字下，是大量需要被快速检测和筛查的疑似病例。

但当时，洪湖当地没有核酸检测的资质，所有样本送往荆州，单程就需要三个小时左右，更别说排队等待结果的时间。

广东省支援湖北荆州新冠肺炎防控前方指挥部副总指挥朱宏说："我们要跟这个病魔赛跑。它每一秒钟、每一分钟都有可能传染给新的人。但是因为种种原因没有办法做筛查，有一些症状是新冠肺炎的病人，还是其他的情况，它没有办法区分，所以有一大批这样隔离的密切接触者，这个形势比我们原来的想象还要严重得多。"

在这种情况下，广东医疗队决定立刻帮助洪湖市搭建核酸检测平台。在当地相关部门的配合下，洪湖市申请到核酸检测资质，有了这个日均检测量达到500例的核酸检测实验室，整个检测过程不到48小时。病毒检测能力的提升，大大缩短了患者的确诊时间，加快了对疑似患者和密切接触者的筛查。

广东支援荆州医疗队队员、南方医科大学南方医院感染内科副主任孙剑告诉记者："最终的目标，我们是希望把这4.9万从武汉回来的人和凡是有发热或者呼吸道症状的人全部排查一遍，就是把已经住院的这些确诊或者疑似病人周围的密切接触者全部排查一遍。"

截至2月24日，洪湖市新冠肺炎确诊患者密切接触者筛查工作已全部完成。

从对口支援开始，广东支援荆州医疗队在针对洪湖市的疫情防控工作中，建立起患者分区管理和集中救治的一整套方案。为了能够更快掌握每

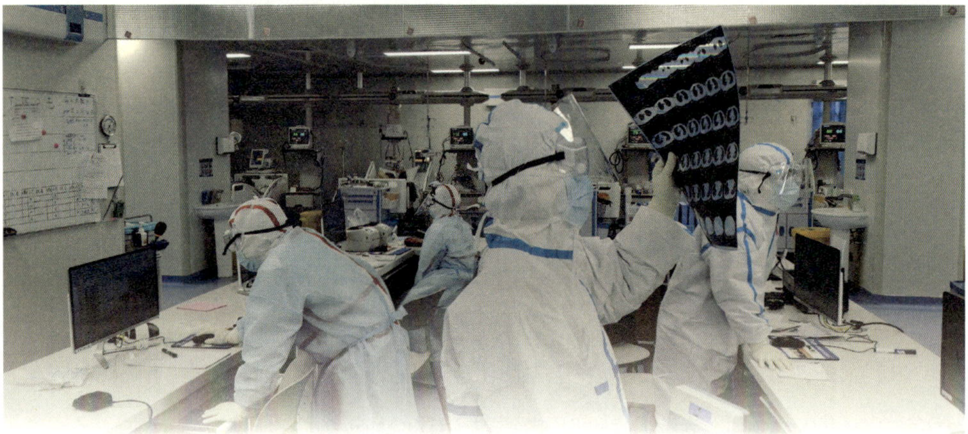

一个患者的情况，医疗队打通了九家定点医院的患者信息系统，远程会诊的方式为专家们赢得了更多的时间。

孙剑表示：“要知道我们到病房去查看病人，光是穿防护服和脱防护服就需要一个半到两个小时的时间，有了这套远程系统，对整个洪湖地区病重的病人我们能做到心中有数。”

广东省支援湖北荆州新冠肺炎防控前方指挥部总指挥黄飞说：“在重症和危重症患者不断增加的情况下，必须集中患者、集中专家、集中资源、集中救治，风险肯定也是很大的，但我们的考虑和当地党委、政府的考虑都是一致的，就是为了救人、救人、救人！”

截至2月27日，洪湖市已有128位患者治愈出院，荆州出院人数已达867人，核酸检测存量基本清零，病人从发病到确诊的平均间隔时间由8.8天缩短至0.9天。

（该篇核心内容被央视《焦点访谈》采用）

广东广播电视台记者：周鹏 杨霄

◎ 前线心声

我是 ICU 的老兵

这里没有负压病房怎么办？这个病人又非常需要，而且根据既往的经验——我们广东很多抢救的经验来说，插了管成功率会很高的，不插管几乎就没有希望，在这样的情况下不管多危险还得选择。像是邢锐教授，按道理都不允许进去的了，但是他自己坚决要去。他说“我是 ICU 的老兵”。

广东支援湖北荆州新冠肺炎防控前方指挥部副总指挥：朱宏

2020
2月28日 / **星期五**

多年来，广东锻炼培养了一大批公共卫生人员、大批的临床医生和实验室检测专家，也积累了很多经验。广东医疗队来到荆州的使命就是救人！救人！救人！

广东医疗队的使命：救人！救人！救人！

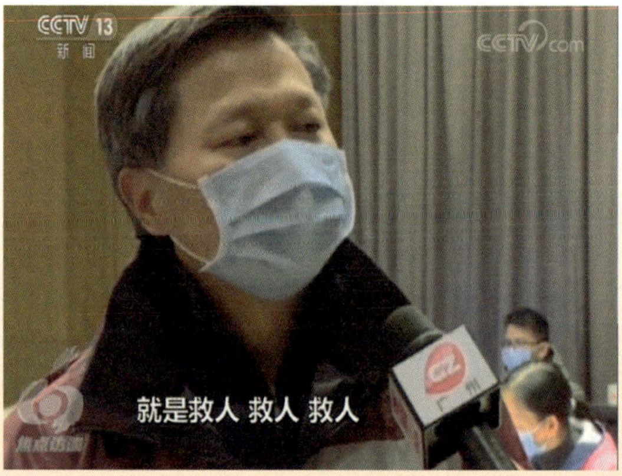

广州广播电视台特派记者林欣杰、陈智萌，跟随广东支援湖北荆州医疗队亲历抗击疫情第 现场，全程报道医疗队支援荆州的工作。

昨晚（27日）央视《焦点访谈》采用了广州广播电视台记者拍摄的画面，广东支援荆州医疗队前方指挥部都说了什么内容？一波干货来袭！

2月11日，广东省第一批对口支援湖北荆州医疗队共108名队员抵达，85名医护人员驰援荆州疫情形势最严峻的洪湖市。广东省支援荆州医疗队前方指挥部总指挥黄飞说，洪湖市的重症病例是最多的，危重症病例也是最多的。时间就是生命！广东第一时间调动最精锐、最先到的医疗队奔赴洪湖。

与时间抢速度，与疫情抢时间。洪湖疫情严重，却没有一间能收治新

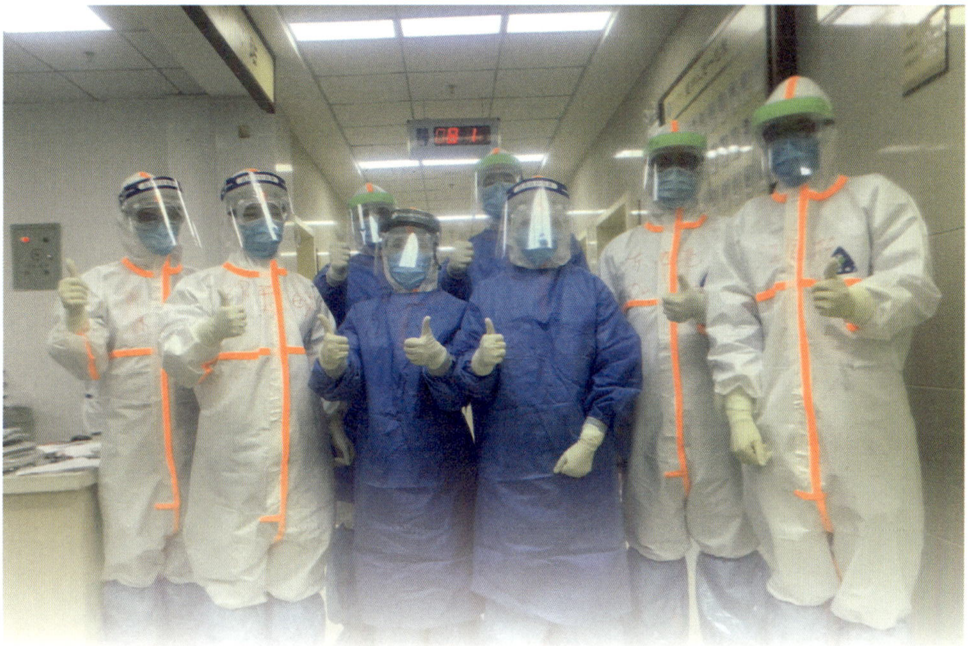

冠肺炎重症、危重症患者的 ICU。在广东医疗队的帮助下，仅用了 24 小时，原有的普通重症病房被改造成专门收治新冠肺炎重症、危重症患者的 ICU。

2 月 16 日，荆州市中心医院将儿科大楼腾空并改造完成，新冠肺炎重症救治中心当日启用。2 月 17 日，广东省医疗队荆州市第一人民医院新冠肺炎重症救治中心启用。

“广东经验”助力，荆州核酸检测存量清零。广东医疗队还帮助洪湖市搭建核酸检测平台。在当地相关部门的配合下，洪湖市申请到核酸检测资质。截至 2 月 24 日，洪湖市所有新冠肺炎确诊病例密切接触者的筛查工作已全部完成。荆州核酸检验存量基本清零，病人从发病到确诊的平均间隔时间由 8.8 天缩短至 0.9 天。

广东省支援荆州医疗队前方指挥部总指挥黄飞表示，多年来，广东锻炼培养了一大批公共卫生人员、临床医生和实验室检测专家，也积累了很多经验。广东医疗队来到荆州的使命就是救人！救人！救人！

广东医疗队抵达荆州后，迅速搭建起远程会诊平台，为了能够更快掌握每一位患者的情况，医疗队打通了九家定点医院的患者信息系统，这种远程会诊的方式为专家们赢得了更多时间。2 月 23 日，钟南山院士与荆州市指挥部、十家定点医院连线，远程开展危重症患者会诊，指导荆州地区开展医疗救治工作。

广东医疗队和当地的医护人员并肩战斗，救治力度不断加大，荆州疫情已出现“三减一增”的态势：新增确诊病例减少，重症、危重症病例持续减少，治愈出院人数不断增加。

广州广播电视台记者：林欣杰 陈智萌

深圳心理医疗队进驻武汉优抚医院

深圳第五批援鄂医疗队——深圳心理医疗队的 5 名队员今天正式进驻武汉优抚医院开始战前准备。同时深圳中医医疗队也传来好消息：此前经过队员们的中医诊疗，雷神山医院的一些患者的病情已经明显好转，近期将会出院。

武汉的优抚医院是武汉新冠肺炎患者的定点收治医院，也是我们深圳第五批援鄂医疗队（深圳首支心理医疗队）接下来要开展工作的地方。今天一早，武汉的气温骤降，还下起了小雨，我们深圳心理医疗队的队员一早就来到这家医院，同院方进行了前期对接。这家医院目前有 200 余名新冠肺炎患者。同时，还有像广西、甘肃、山西等 5 批国家援鄂医疗队驻扎在这里开展工作，我们深圳心理医疗队的 5 名医生接下来将有机会融入这 5 支队伍中，根据他们的不同特点有针对性地开展工作，主要是对医疗队队员还有新冠肺炎患者开展心理疏导等方面工作。今天下午他们还将来到这家医院同各个医疗队进行具体的接洽和对接，再来确定具体的工作方案。

深圳第五批援鄂医疗队队长李学武告诉我们："我们下一步的计划就是深入这些医疗队，去看有什么需求，病人如果出现情况就可以直接采取这种联络会诊的方式，援鄂医疗队和其他的相关人员，我们可以跟他单独采取线上或者线下或者面对面的（会诊方式）。"

最后说说雷神山医院的情况。昨天有 32 名患者同日出院，也是出院患者最多的一天。截至目前，雷神山医院已经有 95 名患者出院。深圳中医医疗队在雷神山感染三科六病区，他们正通过耳穴压豆、针灸、热盐包、在病区内教病患练习八段锦等方式来帮助患者康复。记者同时了解到，通过中医治疗，不少患者的病情进一步稳定好转，目前中医队负责的危重症患者人数从入院的 11 人减为 4 人。感染三科六病区也将会有患者治愈出院。

深圳卫视记者：靳阳懿 杨阳

2020
2月29日 / 星期六

这座城在大雪中静默，但每个人都在努力。隔离病毒，隔离不了爱。等到太阳升起，春暖花开，又将是车水马龙，生机盎然。武汉，你的背后，是整个中国。我们，都在等你。武汉加油，中国加油！

明天会更好！航拍武汉雪后放晴，我们都在等你

这个片子在来武汉的飞机上，我就已经想到要去拍摄了。为什么一直拖到今天？原因有很多很多，最根本的就是时间不够用。刚来到那会，很忙，连航拍飞行器都没有打开过，也没有车可以用，光指望两条腿蹬共享单车，在武汉这个大城市里奔走，几乎是不可能的。

在过了半个月之后，各种突发采访情况开始减少，我才逐渐找到机会去采集这些镜头，契机应该就是武汉这一场突如其来的雪吧。那天我刚刚探访完凌晨4点的重症病房，大概是在8点多出来的，天空飘着冷雨，没有想到会下雪，洗澡换衣服吃早饭之后就困得睁不开眼了，立即补觉。下午1点多醒来后，外面的雪越来越大，我很开心，于是马上带上设备，GH5拍升格，298MC拍路况，驾着小鹏汽车就出发了。

在大雪纷飞的武汉城里，拍摄了两个多小时，到下午5点多雪就开始变小了。很庆幸，老天爷给了我一些运气，拍到了雪下得最大的那个时间段。

因为这场疫情，我在这个日子来到武汉工作，在这样的情况下拍摄雪景，采集素材。抛去这一切来说，我在整个过程中是很兴奋的，丝毫都不觉得寒冷。多数时间都是手持拍摄，也没有戴手套——因为我根本没有。手指头

冻得有些僵，就放在衣服口袋里暖和一下。我知道这场雪是不会下很久的，抓紧一切时间吧。事实上我判断得没有错，下午 5 点 30 分雪就停了，天空开始放晴。

在拍摄的过程中，一直有两种情感在内心交错：一个人欣赏雪景的那种愉悦心情；转念又想到这么寒冷的天气，那些患者会怎么样，刚刚建设完的方舱保暖措施是不是已经完善了。一会儿看着雪，开心一下；一会儿看着雪，看着这个空荡荡的城市，悲情一下。最终我还是顺理成章地选择了后者，此时此刻、此情此景，代入感你是根本拒绝不了的，整个人都被当下的疫情包围着。你们从视频的片段中，也可以看看是不是这种感觉。

不得不说一下，没拍到那个雪后放晴的日出，应该是我因错过而产生的最大遗憾。经过很多天的观察我发现，武汉这里的冬天，很难拍到无云的天空中太阳从地平线上出来。那天我实在起不来了，接近凌晨 1 点才休息，因为那个凌晨 4 点的素材，还在整理发送后方。这也叫有得有失吧，怎么可能好事都轮到你，当得到一个好处的时候，其实就用完了那一刻的好运气。

广东广播电视台记者：臧穆

疫情中的真情告白：我相信你的水平

2月29日，荆州还下着小雨。坚守在荆州市新冠肺炎ICU的护理团队是来自广东医疗队及本院各科室的医护人员。他们来自不同的医院，但有一个共同目标——帮助患者早日恢复健康。

广东医疗队一位队员告诉我，有一次给病人采血时，由于患者血管细小，抽血特别难。这位护士跟患者解释说，现在戴了三层手套，还戴着护目镜和防护头盔，可能会打不准。患者很安心地跟这位护士说："你不是本地口音，我偷瞄过你防护服上的标识了，你是广东来的医疗人员，我相信你的水平。"这位护士说，患者的肯定，给了自己很大的信心。

病房里，这样的情况很多。在这里患者没有家属陪伴，医护人员是患者唯一的依靠。有位护士上夜班，察觉一名住院治疗好多天的重症患者，因为担心病情，每天吃不好，睡不着。她说，虽然看着这些场景内心很难受，但自己也要调整心态，鼓励患者慢慢恢复信心。

隔离病房里的日子虽让人觉得苦闷，却也充满生机和希望。患者并不孤单，因为有一大群医护人员正拼了命地帮助他们。工作中的医护人员，无论在哪个岗位，每天忙碌着，彼此鼓劲，守望相助。2月已经过去，希望如期而至的不只有春天，还有疫情消退。

广州广播电视台记者：林欣杰 陈智萌

荆州 · 广东互联网医院上线：手机问诊好方便

2 月 29 日，荆州 · 广东互联网医院正式上线，荆州市民只需安坐家中，扫一扫二维码，就能免费问诊咨询。1100 多名广东高水平互联网医院专科医生提供线上服务。广东医生每天上午 8 点至晚上 8 点在线。疫情防控期间，互联网医院提供免费送药上门服务，药品费用由市民自理。

“广东模式” 优质资源粤荆共享

广东网上医疗队由广东 15 家高水平互联网医院组建，包含 8 家综合医院、4 家专科医院、3 家中医院。其中有 13 家省属、部属高水平医院，2 家广州市属医院，整体实力雄厚，部分医院综合水平、专科实力位居全国前列。

网上医疗队支援荆州，得到广东医生的热情支持，1100 多名各专科的医生自愿报名参加，每天分三班从早上 8 点到晚上 8 点为荆州市民提供服务。

荆州市中心医院、荆州市第一人民医院等荆州地区的 7 家医疗机构也将加入互联网医院为荆州市民服务。

“码”上健康　药品免费配送到家

问诊只需在手机上操作，简便快捷。通过扫描二维码或点击链接进入“荆州·广东互联网医院”主页面，可见普通门诊、发热门诊、心理咨询、AI（人工智能）医生四个按钮。市民点击选择所需服务类型即可进入互联网医院列表，根据自身情况选择就诊医院、对应科室的医生后，即可开始远程问诊。

这次义诊，由荆州·广东互联网医院和当地的国药控股荆州有限公司合作举办，以期减少中间环节，让药品能快速顺利到达居民手中。国药控股荆州有限公司下属9家药店承接这次义诊的药品配送工作，疫情防控期间，免费为荆州市民送药上门，药品费用需市民自理。

广州广播电视台记者：林欣杰　陈智萌

◎　直击现场

航拍武汉雪后放晴

太阳终将升起，英雄的武汉与武汉人民终将战胜疫情。

扫码观看视频

广东广播电视台记者：臧穆

荆州·广东互联网医院上线：患者可安坐家中免费问诊

荆州市民足不出户就能看上广东专家，首位患者的体验怎么样呢？

扫码观看视频

（该视频核心内容被央视《新闻联播》采用）

广东广播电视台记者：周鹏 杨霄

2020
3月1日 / 星期日

疫情之下，防控不易。社区基层党员干部成为志愿者，以守土尽责的决心铸成了社区防控最坚实的壁垒，在疫情之下，守护着跃进社区成为“无疫情小区”。

让党旗在社区防疫一线高高飘扬

打赢疫情阻击战，关键在社区。在广东医疗队对口支援的湖北省荆州市，有一个被当地公认管控难度最大的片区——沙市区朝阳街道跃进社区第六、第七片区。可就是这样的一个片区，到目前为止没有一例确诊病例、没有一例疑似病例，成为“无疫情小区”。他们是如何做到的呢？背后又有什么样的故事？让我们跟随特派记者的镜头，一起去看看。

湖北省荆州市沙市区朝阳街道跃进社区第六临时党支部书记秦军告诉记者："我们会检查每一个进出人员：一是问进出人员姓名；二是看有没有有效证明。"这里原来是一个马路式散居小区，现在相当于封闭式小区了。记者问："我来采访你们也要登记吗？"秦军回答："你也要严格按照这个程序，所有人都要按这个程序。"

跃进小区共有 10 栋住宅，住宅临靠市政道路，属于典型的马路式散居社区，管理难度极大。

从今年 2 月 5 日开始，荆州当地政府号召党员干部以志愿者的身份下沉到社区参与防疫工作。

跃进社区支部书记丁冬梅告诉记者："还没有成立临时党支部的时候，仅仅是靠我们这些志愿者，好像是一盘散沙。"

由于缺乏统一的管理调配，虽然志愿者下沉到社区，但人员进出依然随意，社区防控变得流于形式。2 月 20 日，荆州市沙市区朝阳街道决定成立临时党支部。而正是临时党支部的成立让这个片区的防控工作从被动转为主动。

道路封闭后，只有 30 名党员的跃进社区第六临时党支部承担起这个片区 812 户、近 1500 人的生活物资和药品采购配送的重任。

在武汉工作的跃进社区第六临时党支部党员叶非主动申请到社区参与服务，他的工作是物资采购和配送，“买药的 、买菜的、买肉的、买食品的都有”。

跃进社区居民对他赞不绝口：“这小伙子非常好。还有个事我想麻烦你，如果我在（微信）群里跟大伙说了，然后大伙都找你买菜，你嫌麻烦不？”

叶非爽快回答：“不要紧，服务嘛！应该的！”

每天下午 1 点是党员们交接班的时间，也是值守的党员一天之中唯一能喘口气的时间。平时在各个不同职业岗位的党员齐聚这里，大家可能住在一个小区十几年了，以前互不认识，在这里组成临时党支部以后才认识，但配合得非常默契。交接完，大家都没有离去，物资采购小组商量着把广东捐赠的蔬菜打包好给居民送上门。

记者随着党员赵幸给居民送菜。

“你好，我是社区志愿者，给你送菜过来。”

“多少钱？”

“不要钱。”

“谢谢！”

“屋里几个人？”

“四个人。”

“都健康吧？没有发烧发热吧？”

“没出门。”

记者问赵幸：“像他们也没有戴口罩，你和他的距离其实挺近的，你害怕吗？”

赵幸：“说实话，有点怕。但这是我们的职责所在，我们都是党员。”

记者：“家里人理解你吗？”

赵幸：“非常理解，也支持。”

跃进社区第六临时党支部党员媛荔说：“第一次感受到‘党建引领’四个字的含义。组织把我们组织起来，这样高效有序地来运转，然后把工作落实到位，能够切实地保障居民的生活安全。这是让我们觉得非常有意义的一件事情。”

广东广播电视台记者：周鹏 杨霄

亲入荆州超市：生活没有停止

2020 年 3 月 1 日，荆州天气有点冷，夜里下了雨，但路面基本干了。连续忙了半个多月，打算抽点时间调整情绪，顺道去超市买点东西补给一下。

出了酒店，向附近的超市走去，看着四周的楼宇，听说是有几百户居民的小区，却安静得让我不敢相信。远远看到超市的广告牌，心里非常期待，靠近才发现，距离超市入口 20 米处已经被围了起来。我停住了脚步，意料之中但又有点不甘心。过了几分钟，一位保安从里面走了出来，用疑惑的眼神跟我对视了一会儿。他告诉我，正门很久没开了，只能绕几分钟路从后门进。

在超市的后门站着两位穿着防护服的服务员，拿着测温器。原来，这里的超市已经不对个体的顾客开放，附近的居民只能托小区物业或者街道“抱团”采购，还要有相关的购买证明。这家超市每天只有十几个团来买东西，我好不容易才跟着一名有证明的顾客混了进去。超市里还保留着过年时的装饰，货架上满满的东西，琳琅满目。选购了一些零食，突然觉得自己像开心的小孩。

出了超市，看到对面一个小区门口摆了一地的货物，都是小区物业帮居民买回来的物资。物业正在忙碌地分拣，看着居民汇报上来的清单，把生活物资装进每一个袋子里，细心地写上门牌号。一位物业管理员说，他们已经用这种方式帮居民购物一个多星期了，必须让居民安心留守家中，大家都在静待疫情的过去。

疫情好转，温情不减。这种新式的守望，让这里的小区生活依然井然有序，也让我见证了这座城市的坚定和力量。

广州广播电视台记者：林欣杰 陈智萌

深圳医疗队为荆州监利县重症救治提供“深圳经验”

在湖北荆州监利县，随着最后4名危重症患者的转院和救治完成，当地已无危重症患者，意味着救治工作进入一个新阶段。

根据广东省支援荆州医疗队前方指挥部“四个集中”原则，今天，除了两名重症患者被转往荆州市进行集中救治，其余两名重症患者已经明显好转，他们将分别被转往普通病房和收治轻微症状患者的监利县人民医院。

监利县中医院是监利县集中收治新冠肺炎危重症、重症患者的定点医院，深圳医疗队派出4名重症医学和急救领域的医生和护士，运用俯卧位通气治疗手段，有效地改善危重症、重症患者血氧供应，而血氧供应缺失是目前导致新冠肺炎重症患者死亡的主要原因之一。

深圳医疗队的到来，不但在医疗水平上提高了监利县危重症、重症患者的救治能力，还为监利县在重症救治的医学管理上提供了“深圳经验”。

下阶段，包括深圳在内的广东省支援监利县医疗队将集中优势医疗资源，将重心转移到轻症、微症新冠肺炎患者的救治工作上，争取早日打赢这场抗击新冠肺炎疫情阻击战。

深圳卫视记者：王鹤宁

◎ 直击现场

逛超市、买零食

是什么零食让记者开心得像个孩子?

扫码观看视频

广州广播电视台记者：林欣杰 陈智萌

阿婆别哭，我们在雷神山陪你

连日来，由深圳中医队负责的雷神山医院感染三科六病区接连有多名康复患者出院。在这些可喜的消息背后，还有很多依旧留院治疗的患者，在焦急等待。今天，看到隔壁床病友出院，夏婆婆哭了。在雷神山，病人依旧要面对来自孤独和未知的恐惧。医生，除了医病，还要医心。

扫码观看视频

深圳卫视记者：杨阳 关大军

2020 / 星期一
3月2日

在广东支援荆州医疗队中，有一支“人工肺”小组，9位组员全部来自最早在国内开展“人工肺”临床应用的中山市人民医院。而“人工肺”，则被认为是阻挡死神的最后一道防线。

“人工肺”在生死的边界撑起希望

廖小卒是广东支援荆州医疗队中“人工肺”小组的组长。他感慨地告诉我：“很多人说，你们做‘人工肺’很厉害，但我们希望永远不要用到。”

每天清晨，荆州市中心医院ICU外都会进行医护人员交接班，“人工肺”小组的成员必须到场。

“患者ECMO治疗，转速是2700，血流量3.07。”小组成员一丝不苟地报告病人情况。

突然，有医生反映，一名使用“人工肺”系统的新冠肺炎患者出现了并发症。

廖小卒一边走向ICU，一边说：“这个出血，很麻烦，里面比较大（严重）的一个并发症就是出血。”

匆匆穿上防护服，廖小卒和其他专家一起进入了隔离病房。输血、换药，大家的心都紧绷着。

经过处理，患者的指标终于稳定了下来。

“人工肺”系统针对的是肺部几乎丧失功能的患者，维持他们的生命，为治疗争取最后的时间。拇指粗的血液管道把人体与设备相连，护理人员的每个操作，都关系到患者的生命。

广东支援荆州医疗队 ECMO 小组主管护师赵自勇告诉我："我们来之前，很多广东医疗队的，包括荆州当地的（护理人员），他们都不敢搬动（'人工肺'系统）病人，因为看到一根管子插着颈静脉，一根插着股静脉，一个大的转身，如果管子脱落了，那这个病人可能连抢救的机会都没有了。"

最紧急的情况出现在 2 月 19 日深夜，监利县一名新冠肺炎患者病情恶化，医生判断他熬不到天亮。"人工肺"小组收到指令后火速赶到现场，成功建立"人工肺"系统，并把患者转移到 150 多千米外条件更好的 ICU 继续治疗。

荆州市中心医院重症医学科主任李良海告诉我们："上呼吸机然后参加转诊，到第二天早上 7：20 才到我们科室来。你说干了多长时间的活，随叫随到，很不错，很不错的。"

即使离开病房，"人工肺"小组成员也要随时监控患者的各项指标，他们说这就像跷跷板，要不断调整设备参数与用药量，小心翼翼地找那个不断在变的"平衡点"。

廖小卒说："这个病人上（'人工肺'系统）的时候也很严重，他的状态现在也没有很明显的改善。作为医务人员，只要有 1% 的希望，我们就要付出 100% 的努力。"

近日，一位使用"人工肺"的危重症患者在纸上写下了两个字"多吃"。

医生说这是一个好的开始。

2 月 11 日，广东医疗队刚到荆州，当地重症和危重症占比为 12.09% 和 4.65%。到 3 月 1 日，重症和危重症占比大幅下降，为 3.61% 和 0.76%。"人工肺"小组的紧急任务越来越少了。

广东广播电视台记者：杨霄

疫情不除，不问归期

阴雨连绵。早上起来还是习惯性地翻看当地的疫情通报，荆州已经连续几天没有新增病例，3月1日当天新增1例。心情像抛物线一样，七上八下。疫情向好，防控还是不能松懈。早上在驻地饭堂吃早餐，前面有一位医护人员在排队等待出锅的粉面，明显感觉到他非常赶时间，有点等不及。在他脸上，黑眼圈很重，看起来十分疲倦。我上前打了个招呼，他说，昨晚在ICU值班，为了时刻留意着患者的病情，站在床边守候到早上6点，整晚没睡，挪出时间匆忙吃个早饭，再抓紧休息。对于他来说，几乎连睡觉的时间都很奢侈。我挂在嘴边的一句“保重”都显得苍白，也不好再打搅了，心里佩服，但也心疼。

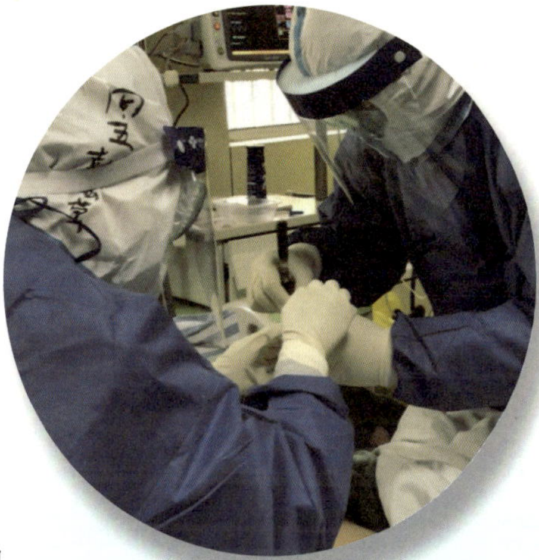

在这里的每一位医护人员，都是连轴转的，顾不上休息。每个人都顶着很大的压力，但面对需要救治的患者，毫无怨言，全身心扑到前线上，继续坚守着。

晚上8点多，广东省支援荆州医疗队前方指挥部再召记者开会，传来了令人振奋的消息。荆州市新冠肺炎危重症、重症患者相比2月10日广东医疗队初来时，大幅减少，重症转轻症治疗的效果显著；钟南山团队的氢氧气雾化机作用明显，不少荆州的患者使用后症状得到改善；随着重症集中到荆州城区治疗，荆州下辖市县医疗机构正常诊疗秩序将逐步恢复。

荆州的疫情形势越来越明朗，渴望着有再多一点这样的好消息。最近陆续有人问起我们几时能回来，想起很应景的诗句“君问归期未有期”。

如此简单的询问，我想同样也表达了每一位医护人员的家人对他的牵挂。如果负重前行守护健康是医护人员义不容辞的使命，平安归来就是我对你们最真挚的希冀。冬去春来，花谢花开。愿所有美好，不负归期！

广州广播电视台记者：林欣杰 陈智萌

好消息！广东医疗队助荆州江陵县实现“双清零”

在广东支援荆州医疗队和当地疫情防控部门的共同努力下，荆州市江陵县实现了确诊病例数、疑似病例数“双清零”。

现存确诊病例数为零，疑似病例数为零，荆州市江陵县的居民第一次因为两个“零”而如此高兴。

作为荆州市内第一个实现新冠肺炎病例“双清零”的县，江陵县已经连续12天无新增确诊病例。当地医护人员告诉记者，广东医疗队来到后除了救治患者，还巡诊了全县所有的乡镇卫生院，确保发热病人全部得到合理收治，帮助当地率先实现“双清零”。

现阶段，江陵县医疗机构正与广东医疗队一起，做好重点人群的疫情防控工作，争取早日全面恢复正常诊疗秩序。

目前，荆州市确诊危重病症例已全部集中到市级重症救治中心，已有5个县（市区）实现重症、危重症病例清零。截至3月2日，全市确诊病例

出院人数从 2 月 10 日广东医疗队抵达荆州时的 56 人提高至 1144 人，治愈率从 5.2% 提高至 72.4%；确诊重症、危重症人数从 180 人下降至 52 人。

广东广播电视台记者：杨霄 周鹏

◎ 直击现场

在雷神山医院穿防护服 3 小时后……

目前，深圳第三批援鄂医疗队正在武汉雷神山医院对病人开展中医治疗。病区内病人的生活怎么样？医护人员要克服哪些困难？带着这些疑问，3 月 2 日一早，记者跟随医生一同走进雷神山医院感染科病区。在防护服的保护下，体验了病区内的 200 分钟。这 200 分钟里，他们了解到哪些情况？有什么样的感受？

扫码观看视频

深圳卫视记者：隋啸 王鹤宁 杨阳 靳阳懿

2020
3月3日 / **星期二**

南方医科大学珠江医院医疗队的“爱心小推车”，不停穿梭在武汉市汉口医院的隔离病房，传递着来自广东的温暖。

隔离病房的“爱心小推车”：广东暖意在流动

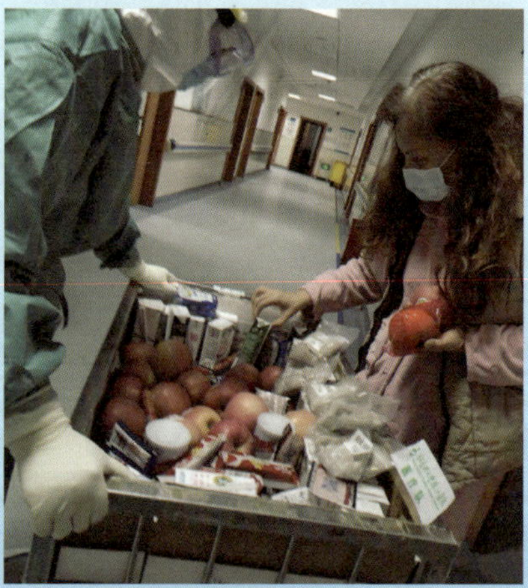

“昨天吴锡平医生查房的时候，我提到特别想吃苹果，没想到今天就有了。”在武汉市汉口医院，住在隔离病房 31 床的王阿姨拿着广东医疗队队员送来的苹果，乐呵呵地说。

一辆贴有“南方医科大学珠江医院医疗队”标签的治疗车，不停穿梭在武汉市汉口医院的隔离病房。车上装的不是药品，不是诊疗用品，而是苹果、橘子、牛奶、饼干等各种食物，甚至还有患者需要的洗发水、护发素等。这辆治疗车也被称为“爱心小推车”。

“各位病友来看看，有什么自己喜欢的？”全身上下穿着防护装备的珠江医院支援湖北医疗队队员热情地招呼住院患者们。当“爱心小推车”来到病房

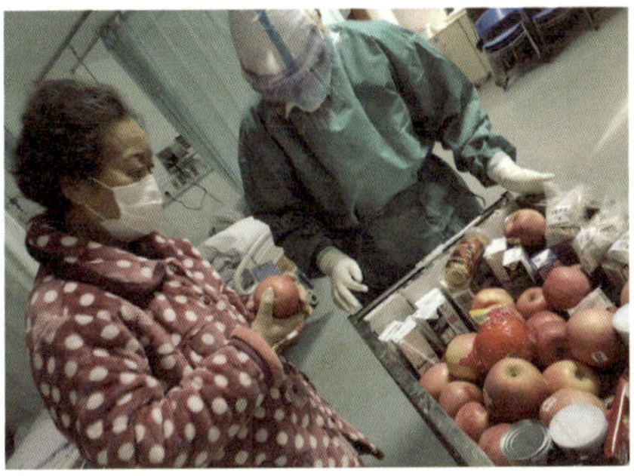

门口，病房里的患者都围拢过来，开心地挑选自己需要的东西。

这些水果、零食等食物，都是广东医疗队队员自发从住地带过来的。为了减少家属感染率，汉口医院病房实行无陪护政策，患者的一日三餐由医院统一配送，除个别极特殊的患者外，绝大多数患者都没有家属陪护。“爱心小推车”的到来，不仅让这些长时间隔离的患者一饱口福，也让他们感受到家的温暖。

医疗队队员、呼吸与危重症医学科护士于丽丽发现，病房里有些患者晚上睡不好，他们匀出了自己的助眠香囊送给他们。于丽丽说，病人休息好了，病情也会好得快一些。

一个多月以来，来自南方医科大学珠江医院的医护人员已经养成了一个习惯：每次去上班，都会拎上塑料袋或者小纸箱，里面装着的，都是大家主动为患者准备的水果等小礼物。医疗队临时党支部书记李君表示：“自从来武汉支援，医院大后方、科室、同事都非常关心我们，给医疗队提供了坚实的生活保障。社会各界爱心人士也给我们捐赠了一些物资。但是，病房里许多患者，他们的家属来不了或者顾不上，队员们便一致提议，我们自己节省一点，尽量分出一些给患者，力所能及帮他们改善一下饮食，让他们开心一点。”每天下班后，大家也会聊一聊病人的情况，了解病人的需要，第二天上班，就有针对性地带一些他们需要的东西。

广州广播电视台记者：林欣杰 陈智萌

◎ 前线心声

我一定会拼尽全力

没有从天而降的英雄，只有挺身而出的平凡人。我不知道这场战斗会持续多久，但我一定会拼尽全力直至战斗胜利。

南方医科大学南方医院介入科主管护师：郭迎春

2020
3月4日 / 星期三

最幸福的离别是与病愈的他挥手作别，最温馨的话语是出院时一句句关于注意事项的叮咛。还在病房的你也莫急，有我们护航，直到痊愈的彼方。

监利县连续七天无新增

截至目前，深圳总共派出 5 支战“疫”医疗队，总计 77 名医护人员，千里逆行，驰援湖北。其中支援武汉 43 人，支援荆州 34 人，进驻武汉、荆州 5 家医院。

最近这两天，好消息不断，从无新增到多名患者出院，让大家备受鼓舞。

深圳第二批支援湖北、第一批支援荆州医疗队，于 2 月 14 日赴湖北省荆州市，17 名队员全部来自北京大学深圳医院，与广东兄弟城市组建了 66 人的医护队伍在湖北省荆州市监利县人民医院开展医疗救治工作，管理 ICU 床位 24 张，隔离病房床位 84 张。

根据监利县的疫情通报，该县已经连续七天无疑似病例和确诊病例。

与此同时，3 月 3 日新增出院 8 例。目前确诊病例在院 60 例，其中轻症 58 例，普通 2 例。

荆州全市无新增死亡病例

2020 年 3 月 3 日 0—24 点，全市无新增新冠肺炎确诊病例。

武汉客厅方舱医院累计出院近 800 人

目前，深圳共有 3 支医疗队驰援雷神山医院、武汉客厅方舱医院、武汉市优抚医院。昨日，深圳中医队负责的雷神山医院感染三科六病区又有 4 名患者出院，这 4 名患者全都是采用纯中医方式治愈的。

其中包括一位 81 岁的老人，他入院时是重症病例，经过中医治疗，恢复较快。近几天，中医队负责的病区将再次接诊新患者，并且还将有康复患者出院。

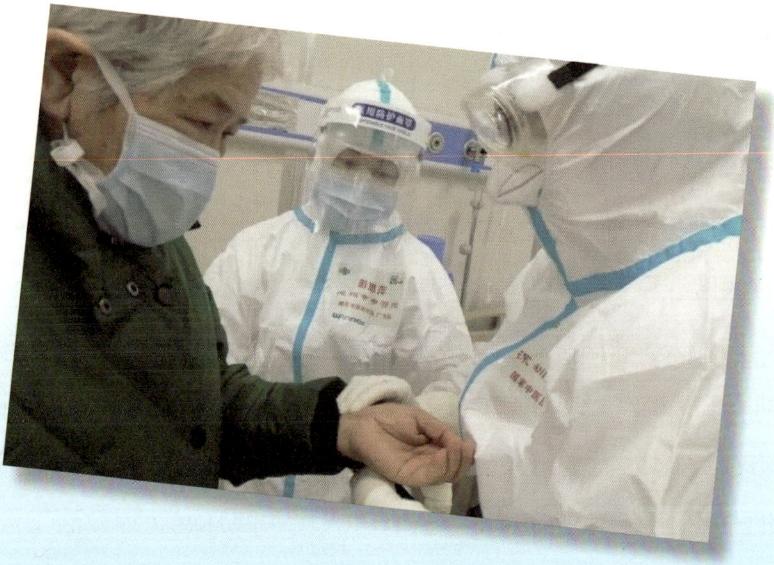

武汉客厅方舱医院，今天预计出院 82 人，截至目前，累计出院近 800 人。C 舱关闭后，A、B 两舱还有病患约 460 人。

心理队方面，目前已经在武汉市优抚医院设立了问诊台，通过线上预约咨询诊疗和线下诊疗的方式开展工作。

深圳卫视记者：王鹤宁 靳阳懿

生死竞速！16 秒为病人换上“新肺”

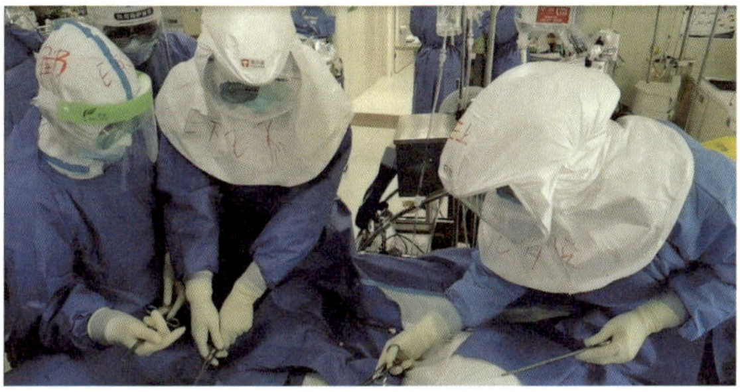

体外膜肺氧合，英文简称 ECMO，是通过搭建一个体外人工心肺系统，来挽救危重症病人生命的技术。这是保留病人生还希望的最后一种方式，同时也是一门代表一家医院、一个地区甚至一个国家危重症急救水平的技术。3 月 4 日，在湖北荆州中心医院的 ICU，广东医疗队队员上演了一场为病人更换 ECMO 的生死竞速。这次与死神抢夺生命的画面，被广东广播电视台特派记者独家记录了下来。

湖北荆州市中心医院的 ICU 里，2 号床病人的 ECMO 设备传出报警声。

由于荆州当地医疗设备不足，现在使用的两套 ECMO 设备都是近期由外地调运而来，甚至拼凑而成的，氧气泵只能暂时放在一把椅子上。为了确保新的 ECMO 稳定使用，更换前的调试工作异常重要。

所有工作准备就绪，这也就意味着与死神竞速的时刻到了。

只要有 1% 的希望，就要投入 120% 的努力。广东支援荆州医疗队的 ECMO 小组用时 16 秒，为病人换上“新肺”。

广东广播电视台记者：周鹏 杨霄

2020
3月5日 / **星期四**

幸福，是来自战“疫”获得关键性胜利的喜悦，是来自家乡的一碗广府靓汤。随即，我们再次奔赴新战场。

松滋战“疫”获关键性胜利，14 名广东医疗队队员转赴新战场

今天上午，在湖北省松滋市的广东医疗队驻地门前，我见证了感人的一幕：即将转战荆州中心医院的 14 名队员和留守的队员以及一起并肩战斗的当地医护人员，依依不舍地告别。他们有的深情拥抱，相互勉励；有的紧握着对方的双手，流露着不舍的伤感，也流露着对松滋战“疫”取得阶段性胜利的喜悦。

广东支援松滋医疗队队长袁小玲更是激动得热泪盈眶。她逐一跟转战队员告别，嘱托他们在新的工作岗位做出好成绩，并送上良好祝愿。有广东医疗队队员说，在松滋支援的日子过得很充实，疫情结束后，一定要重游。

据悉，到4日为止，松滋集中收治的在院确诊新冠肺炎患者只剩4例，都属于轻症患者，前方指挥部研究决定，抽调其中14名队员转战荆州市中心医院新冠肺炎重症救治中心。袁小玲队长将和其他31名广东医护人员继续留守松滋，继续开展相关的救治工作。转战的队员主要来自广东中山和肇庆，其中4名医生、10名护士都是从事重症医学或急诊专业的医护人员，将进一步补强荆州市救治重症患者的力量。

广州广播电视台记者：林欣杰 陈智萌

广府靓汤抵达荆州，队员尝到家乡的味道

广州市工青妇后援组向广东支援湖北荆州的医疗队寄出 2000 份广府靓汤，这些靓汤于 3 月 5 日抵达荆州，并陆续送到医疗队入住的酒店。3 月 5 日下午，广东省支援荆州医疗队前方指挥部慰问了部分医疗队成员，并分发这一份份靓汤。

陈皮绿豆老鸽汤、猴头菇无花果瘦肉汤、虫草老鸡汤、章鱼莲藕瘦肉汤……这些广府靓汤首先被送到距离荆州市中心医院最近的酒店。这里入住了 40 多位队员，分别来自广州市红十字会医院、南方医科大学第五附属医院和珠海市中西医结合医院。

队员们经常连续在隔离病房工作，非常繁忙，而这些靓汤被专门打包成独立的即食包装，每袋汤品正好是一碗的份量，可以常温保存 6 个月，食用时只需要将汤包用开水泡 5 分钟即可。

广东医疗队已经在荆州奋战 20 多天，平时很难喝到这么好的汤。靓汤一到手，不少队员就忍不住要快点尝一尝家乡的味道。

这些汤品还会分发到各个医疗队驻点酒店的饭堂，方便队员们随时食用。

现场还连线了广州市工青妇后援组，并向其表达了感谢，一线医护人员分享了战“疫”的暖心故事，还一同唱响《我和我的祖国》。

广州广播电视台记者：林欣杰 陈智萌

荆州监利县中医院实现零病患

3月5日，深圳第二批支援湖北医疗队所进驻的荆州市监利县中医院，完成所有病患的治愈出院和转院工作。

监利县中医院是深圳医疗队进驻的两家医院之一，主要收治危重症的新冠肺炎患者，经过包括深圳医疗队在内的广东医疗队和当地医务人员一个多月来的努力，首次实现了该院新冠肺炎病患人数清零。该院将在过渡期内保留发热门诊，并预留两个病区作为备用。

截至5日中午，监利县仍有在院确诊病例46例，都集中在监利县人民医院，深圳医疗队的成员也全部集中往监利县人民医院开展工作。

深圳卫视记者：王鹤宁

2020
3月6日 / 星期五

在荆州市重症、危重症基本集中到荆州市区之际，广东医疗队队员写下激情澎湃的请战书，“一起面对困难，到最危险、最艰苦的地方去”“在危急时刻显担当，没有退缩，只有前进”。

写下请战书！ 34名广东援荆队员转战重症救治中心

目前，湖北荆州市10例确诊危重症病例已全部集中到市级重症救治中心，江陵等5个县（市区）已实现重症、危重症病例清零。截至3月4日24点，荆州市确诊病例出院人数从2月10日医疗队抵达荆州时的56人提高至1269人，治愈率从5.2%提高至80.3%；确诊重症、危重症人数从180人下降至49人。

随着重症、危重症患者的集中收治，荆州市新冠肺炎患者救治格局也发生了变化，将在稳步推进清零行动的基础上，进一步提高救治效率，加快治

愈和出院速度，全力遏制病情加重。在荆州市重症、危重症基本集中到市区之际，广东医疗队队员写下激情澎湃的请战书。3 月 5 日，驻扎在石首市、来自广东江门的 20 名广东医疗队队员写下请战书，“一起面对困难，到最危险、最艰苦的地方去”“在危急时刻显担当，没有退缩，只有前进”。

3 月 5 日，原派驻石首市中医院的 20 名队员加入广东医疗队荆州市第一人民医院新冠肺炎重症救治中心，原派驻松滋市人民医院的 14 名队员加入广东医疗队荆州市中心医院新冠肺炎重症救治中心。荆州市两个重症救治中心的广东医疗队队员增至 190 人。

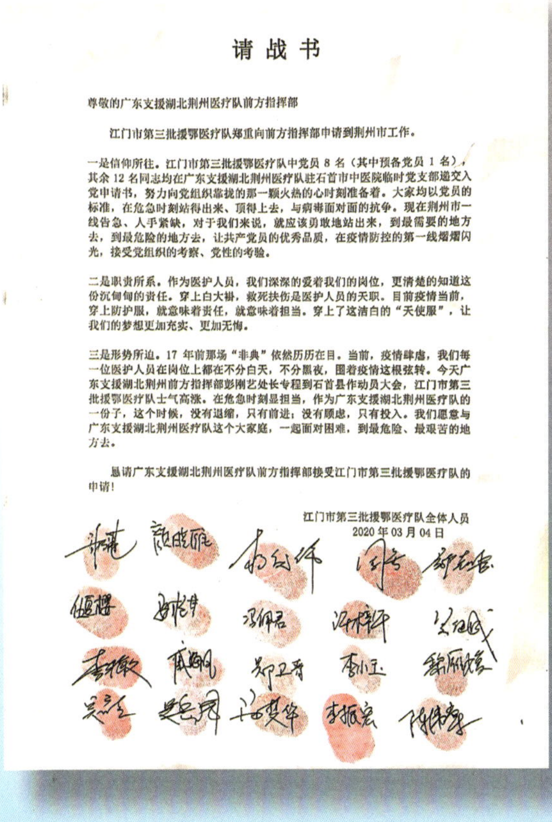

请战书

尊敬的广东支援湖北荆州医疗队前方指挥部

江门市第三批援鄂医疗队郑重向前方指挥部申请到荆州市工作。

一是信仰所往。江门市第三批援鄂医疗队中党员 8 名（其中预备党员 1 名），其余 12 名同志均在广东支援湖北荆州医疗队驻石首市中医院临时党支部递交入党申请书，努力向党组织靠拢的那一颗火热的心时刻准备着。大家均以党员的标准，在危急时刻站得出来、顶得上去，与病毒面对面的抗争。现在荆州市一线告急、人手紧缺，对于我们来说，就应该勇敢地站出来，到最需要的地方去，到最危险的地方去，让共产党员的优秀品质，在疫情防控的第一线熠熠闪光，接受党组织的考察、党性的考验。

二是职责所系。作为医护人员，我们深深的爱着我们的岗位，更清楚的知道这份沉甸甸的责任。穿上白大褂，救死扶伤是医护人员的天职。目前疫情当前，穿上防护服，就意味着责任，就意味着担当。穿上了这洁白的“天使服”，让我们的梦想更加充实、更加无悔。

三是形势所迫。17 年前那场“非典”依然历历在目。当前，疫情肆虐，我们每一位医护人员在岗位上都在不分白天，不分黑夜，围着疫情这根弦转。今天广东支援湖北荆州前方指挥部彭刚艺处长专程到石首县作动员大会，江门市第三批援鄂医疗队士气高涨。在危急时刻显担当，作为广东支援湖北荆州医疗队的一份子，这个时候，没有退缩，只有前进；没有顾虑，只有投入。我们愿意与广东支援湖北荆州医疗队这个大家庭，一起面对困难，到最危险、最艰苦的地方去。

恳请广东支援湖北荆州医疗队前方指挥部接受江门市第三批援鄂医疗队的申请！

江门市第三批援鄂医疗队全体人员
2020 年 03 月 04 日

广州广播电视台记者：林欣杰 陈智萌

我还要继续和同事们一起战斗

出生于1994年的郭小雪是荆州市第一人民医院危重症医学科的一名护士。2月3日，她被确诊感染新冠肺炎。经过一个多月的住院治疗，郭小雪不仅得到了广东支援荆州医疗队和当地医院的精心治疗和关爱，还得到了钟南山院士及多位专家的远程会诊。经过与病魔36天的抗争，郭小雪终于治愈出院。

3月5日，记者进入隔离病房见到郭小雪时，她正在用广东医疗队提供的氢氧机吸氧。此时的小雪，不但病情好转，精神状态也好了很多。她告诉记者，入院治疗的前十几天，高烧不止，病情已经介于重症与危重症之间。

郭小雪回忆说："长期发烧的话，精神就比较差，身体乏力，还有大量体液流失，电解质紊乱，然后加上肺功能损伤，呼吸还会比较困难。"

广东支援荆州医疗队队员宋秀禅回忆说："当时我第一天见到她，她是不怎么爱说话的，比较内敛，问一句答一句，意志有点消沉。"

广东支援荆州医疗队得知小雪的情况后，立即与后方指挥部联系，邀请钟南山院士及多位专家为小雪确定新的诊疗方案。

广东支援荆州医疗队队员黄道政告诉记者："我们当时经过充分的论证，最后给她用的抗病毒药是五天，在二十五六号的时候，（她）就可以下床走动了。荆州市第一人民医院为小雪定制了24小时的专人专班陪护，广东的医护团队也给了她无微不至的关怀和鼓励。"

深圳专家特意为小雪录制了视频："小雪你好，听说你在这次抗击新冠肺炎中做出了巨大的努力。我2009年也有一个类似的经历，当时我感染了甲流。（你）一定要有信心，一定能够战胜这次病魔。在这里，我祝你早日康复，小雪加油！"

广东的专家为小雪发来了加油打气的视频，荆州的专家为小雪量身定制了康复操……周围的人时刻关注着小雪的病情。

荆州市第一人民医院副院长谭小平表示：“大家都不去照顾、关心她，谁会去打仗， 谁去？别人都说爱兵如子，是吧，（他们）都像自己的子女一样。”

经过 36 天的治疗，小雪终于治愈出院。出院时，她拿着一封写给钟南山院士的感谢信，对着镜头说的第一句话就是：“我还要继续和同事们一起战斗。”

广东广播电视台记者：周鹏 杨霄 陈壮

2020
3月7日 / 星期六

你见过凌晨4点的荆州吗？在这里，患者每一次的心跳，每一次的呼吸，都离不开医护人员24小时寸步不离的守护。

这一举动暖得让人心疼……

身穿防护服，戴着口罩、护目镜，他全身趴跪在地板上。3月7日凌晨5点多，在荆州市中心医院，一名用上ECMO的新冠肺炎危重症患者胸腔引流瓶数值突然出现较大波动。因为怕看不清，广东支援湖北荆州医疗队队员赵自勇立即趴在地上，拿出手电筒照明查看，最大程度预防患者并发症的发生。

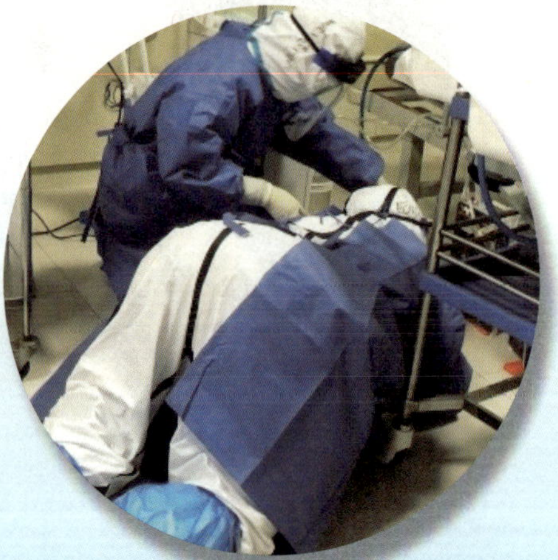

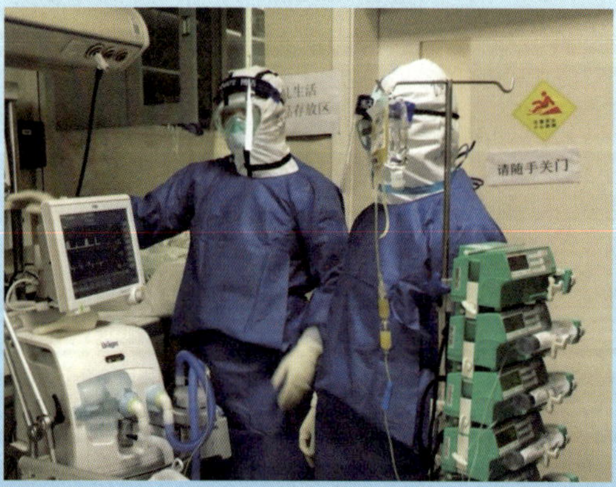

在ICU做ECMO护理工作，往往要用最短时间发现最细微的问题。赵自勇说：“4小时一班，从接班到下班，一刻都不能停。浑身都湿透了，湿了继续干。”

ECMO也被称为“人工肺”，

患者用上 ECMO，每一次的心跳，每一次的呼吸都离不开医护人员 24 小时寸步不离的守护。

广州广播电视台记者：林欣杰 陈智萌

凌晨 4 点实录：ECMO 护理守护生命

3 月 7 日，天气阴转晴。今天再次进入 ICU 拍摄。凌晨 3 点爬起床，走在昏暗的大街上，大衣裹得严严实实也抵挡不住寒风，冷得直发抖。我与两名医护人员走在路上，看到挺暖心的一幕：一只狗跟在我们后面，我们看它一眼，它就立马跑到前面开路，走了一小段路会停下来，等着我们，直到我们来到医院门口，它十分乖巧地蹲坐在地面，在门口目送我们进入医院。一名医护人员说，只要是凌晨上班，这只狗都会从驻地酒店护送大家到医院门口，特别亲切。

第二次进入 ICU，我也有了“求生”心得，防护服不透气，我在里面干脆就只穿两件薄薄的衣服。凌晨 4 点，医护人员依然精神抖擞，疾步走进隔离病房。这个时间点在 ICU 里，可以清楚听见病房另一端仪器的声音。一名护士惊讶地问我：“你们不用休息啊？记者也要值夜班？”反倒是医护人员关心起我，似乎他们不休息成了理所当然。

ECMO 病床有一名默默地在旁边帮患者做检查的男护士，引起了我的注意。男护士正在查看各种仪器的数据，他翻开被子查看患者的情况，用手触摸患者的脚是否着凉，趴到床底，用手电筒照明查看胸腔引流瓶的数值，不放过 ECMO 上的任何一个细节。他全然不知我在拍他，我也一直没敢跟他说话，连大气都不敢喘一下，生怕惊扰他的工作。这名男护士突然转身，看到了我，第一句话是让我多记录他的战友们。

相比 ECMO 抢救过程，ECMO 护理很少有人知道。我临时决定拍摄这个题材。又过了一个多小时，我仔细盯着他的每一个操作，他大概看出了我的疑惑，边操作边解说，好让我这个外行人能明白他们的操作。后来护士要帮患者吸痰，这名男护士对我说："这是高危操作，痰液可能会不小心飞溅出来。你可以拍，但只能在后面跟着。"这个时候，他们还想到将我护在身后。

中途患者有点知觉，开始躁动起来。护士很快反应过来，几乎贴着患者耳边喊出声："你现在正在接受治疗，不要动那么厉害，才能好得更快，你要相信我们，等你好了，我们一起拍照留念！"患者轻轻点了点头，像是明白了，医护人员一句鼓励的话，对患者很重要。

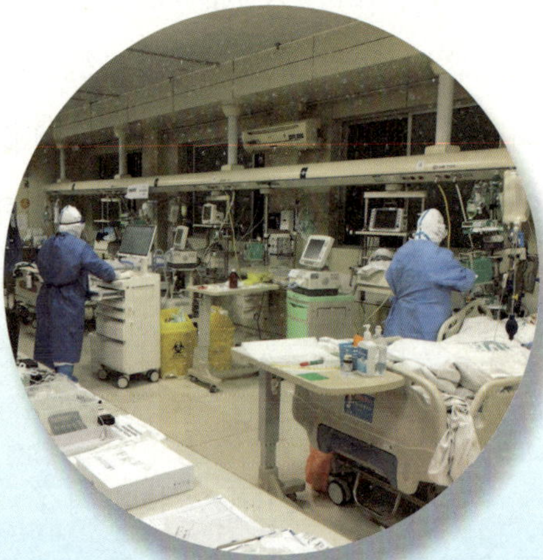

在病房时间过得很快，对我来说，这次并没有第一次那种缺氧的感觉。而在 ICU 值夜班的医护人员不能离开病房半步，更别说小睡，连打盹的机会都没有。大概是早上 7 点，接班的护士一个跟着一个走了进来。ECMO 病床的下一班也是个男护士，进来后第一时间同样是查看各个仪器的数据。8 点多，两名护士交接了护理要点，两人来了个击掌接力，互相打气，这场生命的长跑还在继续。

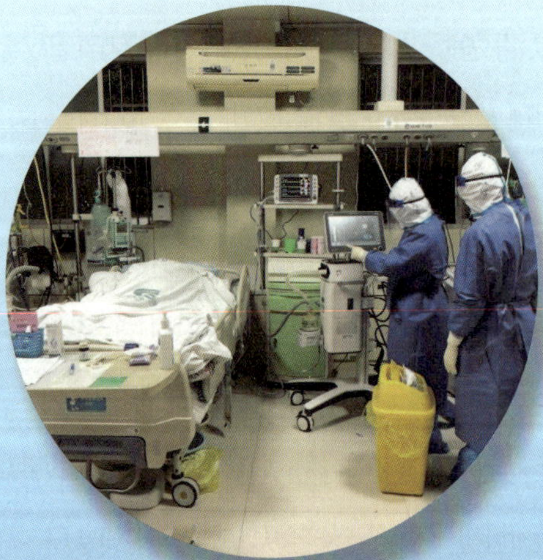

交接完成，忙碌了整晚的男护

士终于松了一口气，歇了一下。他对我说：“谢谢你，没想到你陪我值了一个这么辛苦的班，太感动了。”在病房里说话不太多的他，开朗了许多，欲言又止，我知道他内心有很多话想说，但还是看着疲惫的他慢慢走出病房，身影在走廊尽头消失。或许在ICU里的日子很难，但医护人员再累也会咬紧牙挺过去。幸好有他们，努力为患者守护着平安。

广州广播电视台记者：林欣杰 陈智萌

武汉客厅方舱医院明天休舱

随着最后一名转院病人走出武汉客厅方舱医院，舱内正式空舱。

今天上午，武汉客厅方舱医院出舱25人，59人转院到雷神山医院治疗。运行一个月来，武汉客厅方舱医院共治愈出院868人，转院856人。

根据统一部署，在客厅方舱医院支援的广东医疗队将稍做休整，原地待命。

武汉客厅方舱医院自开舱以来，共收治1760名患者，有来自广东、甘肃、山东、上海、福建等地的医疗团队共计1100余名医护人员在这里开展医疗救治工作。休舱后，这里将进行全面消杀，所有床位和其他的一些设备还将暂时留存。

深圳卫视记者：靳阳懿

◎ 直击现场

我的“疫”中人

“援鄂天使”父母的心愿，让女儿满脸通红……

扫码观看视频

深圳卫视记者：杨阳　关大军　王鹤宁

2020 3月8日 / 星期日

3月8日妇女节，我们想拍一支MV作为礼物送给战“疫”前线的女医护人员，可是条件这么简陋，能行吗？……没想到广东的媒体人都来了，一同录制了这一首《夜空中最亮的星》。

礼物背后“藏”着我们的故事

3月8日，荆州城外杏花微雨。来荆州已经20多天，医护人员不上班时多数只是在酒店休息和交流患者的病情，生活很简单。今天看到几名医护人员在门外弹着借来的吉他，唱起了《你的答案》，确实有几分街头流浪歌手模样，听着歌词也挺应景的。

我们几位记者跟他们聊了一下，突然有个想法，大家录一首歌作为礼物，送给在战“疫”前线的女医护人员。大家一拍即合，为准备礼物发表意见：医生唱歌，记者拍摄，号召休息的医护一起参与。我、广东广播电视台和南方都市报3名媒体人开始着手拍摄准备。一支MV，仅凭3个人的力量在短时间内完成制作是有难度的，因为事先没有策划组织，连拍摄的方式都是临时商量确定的。于是我们在媒体群发信息，发动在荆州的广东媒体人帮忙出力。

下午，轮休的医护人员陆续到来，现场出现久违的热闹场景。医护人员难得休息，时间很紧，在场的媒体人已经开始拍摄一些零散的弹唱镜头。当拍到第三组画面时，媒体大部队来了，“长枪短炮”、无人机等拉开了阵势，瞬间我心里踏实了。

男医护人员拿着花送给女医护人员，还有女护士拿起我们广州广播电视台的麦克风去采访男医生，追要妇女节的礼物。不想打破这欢乐而温暖的画面。她们是白衣战士，也是妈妈、是女儿、是妻子，属于她们的节日也特许了她们“任性”一回。在荆州奋战的日子，她们也只有这短暂的时间可以放松一下。来到饭堂录合唱，录了好几遍，接近6点钟了，饭堂的阿姨催着大家去吃饭，说饭菜都快要凉了。有医护人员说，录这首歌是心意，大伙一起吃凉了的饭菜也值得。

拍摄完成后，广东媒体人紧急分工合作，汇总、挑选手上的素材，熟悉后期的人剪辑制作。片子改了很多次，晚上一直在加工。最后以广东媒体单位联合发布，借助男医护人员的心意，致敬所有广东支援湖北荆州医疗队队员。如果录制出来的MV能给到医疗队队员力量，也许这是我们媒体人到荆州以来，做过最有意义的事情了。正如歌词中说的“给我再去相信的勇气，越过谎言去拥抱你……夜空中最亮的星，请照亮我前行”，医护人员都是患者心中最亮的星。

广州广播电视台记者：林欣杰 陈智萌

监利县首位危重症患者治愈出院，武汉东西湖方舱医院正式休舱

下午3点30分，监利县第一个危重症患者周先生在深圳医疗队队员们的陪同下，走出监利县人民医院的感染科大楼。周先生是监利县住院时间最长的新冠肺炎患者，经历了从重症到危重症的过程，几乎是被医护人员从生死线上拉回来的。为庆祝他出院，深圳医疗队送上了象征平安的香囊

和苹果。周先生说，是包括深圳医疗队在内的所有医护人员给了他第二次生命。

此外，武汉东西湖方舱医院在开舱整整一个月后，今天正式休舱，这也意味着深圳援鄂医护人员完成了阶段性的任务。针对下一步的计划，深圳医疗队全员在今天中午写下请战书，希望继续留在武汉一线，参与新冠肺炎患者救治工作。另外，3 月 5 号，武汉东西湖方舱医院和广东援助湖北武汉医疗队发出感谢信，对包括深圳广电集团两名随队采访记者杨阳和靳阳懿在内的深圳媒体记者表示感谢，肯定了他们在疫情报道中展现出的专业素质、敬业精神和辛勤付出。

深圳卫视记者：王鹤宁 杨阳 靳阳懿

◎ 直击现场

广东援荆医疗队 MV：战“疫”之下最亮的星

没有从天而降的英雄，只有挺身而出的平凡人。我不知道这场战斗会持续多久，但我一定会拼尽全力直至战斗胜利。

扫码观看视频

南方都市报 广东广播电视台 南方日报

羊城晚报 广州广播电视台

2020
3月9日 / 星期一

今天下午，深圳第二批援鄂医疗队所在的湖北省监利县最后9名新冠肺炎在院患者出院，这是监利县50天以来首次实现在院患者的清零。

荆州监利县患者首次清零，医护人员庆祝阶段性成果

下午6点，在医护人员的护送下，最后一名新冠肺炎治愈出院患者登上了救护车，离开监利县人民医院，这是监利县疫情暴发后，首次实现零新增患者、零新增疑似患者、零在院患者“三清零”目标。

深圳派出的第二批援鄂医疗队于2月15日抵达荆州监利县，来自北京大学深圳医院的17名医疗队员，分别在监利县人民医院和监利县中医院开展医疗救治工作，与来自珠海、清远、阳江等地的医护人员共同组成广东支援湖北荆州医疗队，联合海南省医疗队，以及数千位当地医务人员日夜奋战，终于迎来了胜利的曙光。

深圳卫视记者：王鹤宁 隋啸

开展医学生云课堂，分享前线临床诊疗知识

3 月 9 日晚，正在武汉市汉口医院支援的南方医科大学珠江医院医疗队队员、医院呼吸与危重症医学科主治医师吴锡平，为南方医科大学第二临床医学院（珠江医院）300 名学生，开展了一堂特殊的战“疫”云课堂。

自 1 月 24 日大年三十连夜奔赴武汉以来，珠江医院支援湖北疫情防控医疗队已在汉口医院支援快 50 天了。作为重症患者收治点，他们所在的病区有 80 张床位，自医疗队接管以来，已有 100 多名患者好转出院。

此次云课堂以“新冠肺炎的临床表现和诊断”为题，结合调查数据与治疗的实际病例，从病原学与流行病学、病理改变、临床特点、诊断分型、诊断标准等多个角度，为同学们分享了来自临床最前线的诊疗知识与病例分析。这样的云课堂，是专业知识授课，更是一堂思想政治教育课，奋战在武汉一线的医护人员以实际行动，向同学们诠释了什么是责任与担当。

今天，珠江医院支援湖北疫情防控医疗队队长、医院重症医学科副主

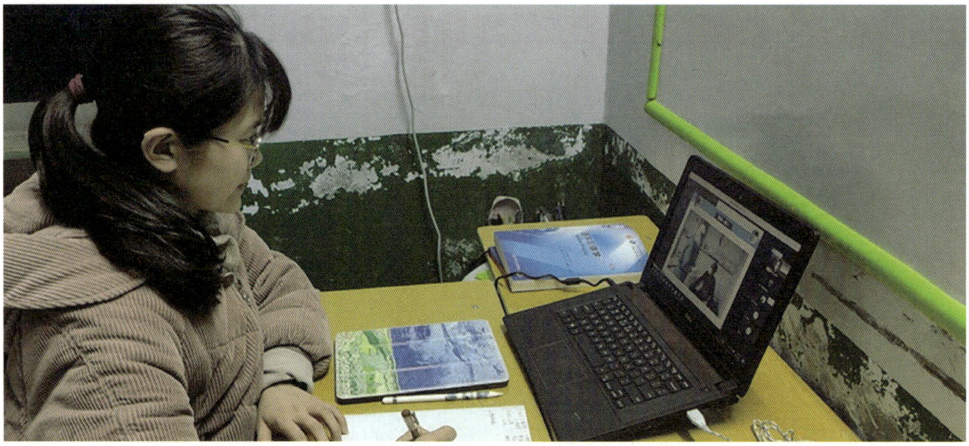

任王华在线为同学们分享《新冠肺炎危重症救治及 ECMO 使用指征》。此外，学院还将组织医疗队队员与同学们开展线上沙龙，分享在武汉的战“疫”经历与心得体会。

广州广播电视台记者：林欣杰 陈智萌

◎ 直击现场

广东 58 名荆州前线医疗队队员宣誓入党

3 月 9 日，广东支援湖北荆州医疗队举行预备党员入党宣誓仪式，58 名医疗队队员在各自驻地医院里，通过远程视频连线，一起在党旗前宣誓，成为光荣的中共预备党员，广东省对口支援领导小组副组长、省人大常委会副主任吕业升出席仪式。

扫码观看视频

广东广播电视台记者：杨霄 周鹏

2020
3 月 10 日 / 星期二

今天是我来到湖北的第34天。我想说，疫情残酷，但世间美好，谁说人间不值得？！喜欢麦聪那句话：对别人好，自己就好。

战“疫”随笔

2020 年的 3 月 4 日，应该会让我这辈子铭记。这一天，我亲眼见到两位患者的生命被医生从死神手中抢了回来。

荆州市中心医院的危重症病房里，2 号床病人的 ECMO 设备出了问题，需要更换一套新的设备。陈丽芳护士长告诉我这个情况时，我脑海里的第一反应是换设备也就是换个电源吧？

正说着，从我身边走过 6 位医生，还推着一部机器，其中两位戴着正压头套。再“小白”我也懂，但凡正压头套出场，就意味着 ECMO 设备更换是“大活”！

“大活”是一次生死竞速，是医生与死神的正面较量。

操作过程不再赘述，因为任何文字描述和图片都不能达到视频带给人们的冲击力。有兴趣的看官请搜索《生死竞速！ 16 秒为病人换上“新肺”》，新闻视频的全网点击量已经过亿。

这一次操作让我认识了 3 位广东 ICU 的“猛人”——蒋文新、廖小卒和麦聪，也让我第一次感受到生与死的边界。

在驻地的一天夜里，我与麦聪聊天。

我问："见惯了生与死，你如何看待生命？"

麦聪说："敬畏生命。"

我问："何为敬畏？"

麦聪说："对身边的每个人都好一点。"

我问："对自己呢？"

麦聪说："对别人好，自己就好。"

…………

他透过肉体，看穿了世事。当时，我这样理解却没有说出来。

麦聪，34岁，小我3岁，广东省人民医院重症医学部医生，从业9年。

为2号床病人做完ECMO设备更换，麦聪赶紧卸下正压头套。他说，脑袋要被头套里的风声吹炸了。可偏偏不巧的是，刚卸下头套，11床病人呼吸急促，需要更换插入气管的插管。

监视器上，病人的血氧指数掉得很快，只有70%了。是的，又一次生死竞速，但这一次，麦聪要与死神赤膊相对。

我用镜头记录了全程：广东省人民医院重症医学部主任，我心中的头号"猛人"蒋文新全程双手抱胸、淡定如水，偶尔来一两句指导。麦聪和护士长陈丽芳仅仅带着面屏，就迅速麻利地完成了气管插管操作。

在缺少必要防护的条件下，为新冠肺炎患者完成插管操作如同与死神赤膊相对。正应了那句老话："狭路相逢勇者胜。"勇，胆量和勇气也。

麦聪"赌"赢了。我不知用"赌"字是否恰当，但操作过程中的确存在被病毒感染的风险。他说这段不能播出去，违反操作规定了。我说好，但心里想，我可以写进日记里，这个"猛人"值得被记录。

亲眼见到两条生命被挽救，让我明白了一个道理：敬畏生命的人，不会用华丽的辞藻解读生命，却会用行动善待生命。

和麦聪聊天的那个夜里，他说，三八妇女节快到了，想为女性医护人员拍一支 MV，当作送给她们的礼物。可他只有想法，没办法落地。希望我们记者能够协助他一起完成。

回到房间，我在前方记者微信群里发了条信息，希望各家媒体记者有空都能来帮帮忙。有回应，但不热烈。能拍成吗？那夜，我心里七上八下，没睡好。

3 月 7 日下午 3 点，“演员”（轮休的医护人员）没到位，设备又差得出奇。这……明天能制作出成片吗？心里哪是打鼓啊，打雷还差不多。

这里不得不说说自己新时代的座右铭：意气风发向前看，撸起袖子加油干，不干咋办？我和南方都市报的梓浩、广州广播电视台的欣杰硬着头皮开始干。正拍到第三组画面，大部队来了！“长枪短炮”摆开阵势，简直是一支“特种部队”。

那一瞬间，我着实被感动了。

信心比黄金更重要，信心比兴奋剂更令人兴奋。南方日报、羊城晚报、广东广播电视台、南方都市报、广州广播电视台的小伙伴们齐心协力，不到 24 小时就剪出成片《夜空中最亮的星》。片子虽然还有不少瑕疵，但足以暖到广东医疗队所有女性医护人员的心里。

我想说，你们是这场战“疫”中最亮的星，我们的一个通宵值得。

制作 MV 本是前方媒体团的自发行为，但每家媒体的领导得知此事后都异常重视。广东卫视《广东新闻联播》用一分半的时长几乎播完了整首 MV。这在我 10 年联播记者生涯里是从未经历过的。

这几天的经历，总有种让我参透人生的感觉。再说件事，很短。

我和朋友及爱心人士以“鹏”友圈的名义，向湖北洪湖市（荆州的县级市）捐赠了 700 套灭菌防护服和 100 副护目镜，总价超过 20 万元。三天的募集期，48 位“鹏”友共筹集捐款 147785 元，以及防护服和护目镜现货各 100 套。京东物流还免费帮我将这些物资运送到洪湖市。从筹划到落地，只用了 15 天。那种美妙的感觉只能用词穷来描述。

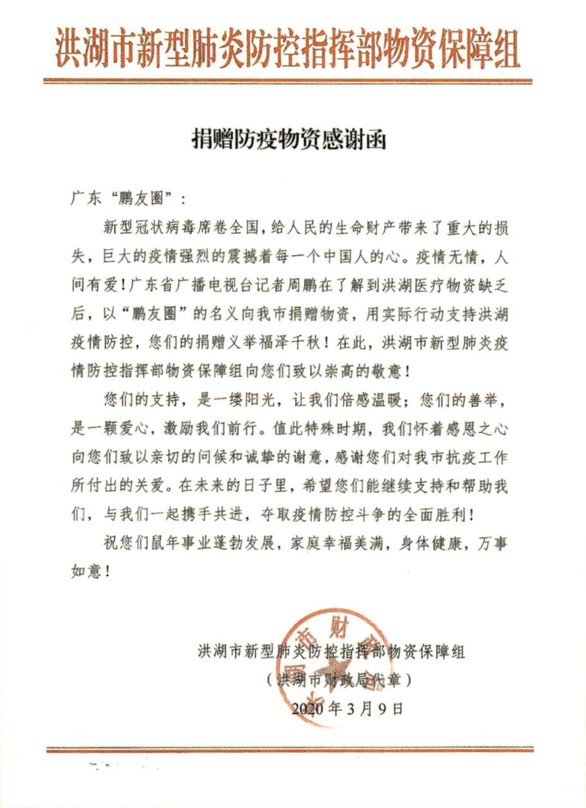

洪湖市新型肺炎防控指挥部物资保障组

捐赠防疫物资感谢函

广东“鹏友圈”：

新型冠状病毒席卷全国，给人民的生命财产带来了重大的损失，巨大的疫情强烈的震撼着每一个中国人的心。疫情无情，人间有爱！广东省广播电视台记者周鹏在了解到洪湖医疗物资缺乏后，以“鹏友圈”的名义向我市捐赠物资，用实际行动支持洪湖疫情防控，您们的捐赠义举福泽千秋！在此，洪湖市新型肺炎疫情防控指挥部物资保障组向您们致以崇高的敬意！

您们的支持，是一缕阳光，让我们倍感温暖；您们的善举，是一颗爱心，激励我们前行。值此特殊时期，我们怀着感恩之心向您们致以亲切的问候和诚挚的谢意，感谢您们对我市抗疫工作所付出的关爱。在未来的日子里，希望您们能继续支持和帮助我们，与我们一起携手共进，夺取疫情防控斗争的全面胜利！

祝您们鼠年事业蓬勃发展，家庭幸福美满，身体健康，万事如意！

洪湖市新型肺炎防控指挥部物资保障组

（洪湖市财政局代章）

2020 年 3 月 9 日

广东广播电视台记者：周鹏

2020
3月11日 / **星期三**

荆州，天气阴。今天一直在赶片子，窝在房间一整天，却收到一份特别的快递。

叮咚！暖心礼物已送达

执信中学的校友会知道我跟随广东医疗队来到荆州，从广州寄了一份神秘礼物过来，想托我送给医疗队的队员们，据说有暖心的礼物在里面。抬起箱子，我也兼职做一下快递员，把这份沉甸甸的爱心送到大家手中。

晚上，走了一千米的路，去到广州红十字会医院队员们入住的酒店，领队和几名队员来接我。打开箱子，里面有50多盒即食花胶汤，还有一叠卡纸，上面是一幅幅学生们的手绘作品，画着白衣天使、充满阳光的病房、护士为

患者打气的场景等，每一幅都画得非常用心。画的背面也写着不少暖心的话语，一笔一画中藏着来自广东的中小学生满满的心意，深情表白战“疫”一线医护人员。

看着这些小朋友的作品，在场的广东医疗队队员赞不绝口，脸上露出了笑容，像是消退了他们的疲劳。领队说，小朋友画这些作品肯定花费了不少精力，这份心意他们会好好珍藏，收到小朋友的鼓励尤为感动。队员们边喝着花胶汤，边分享。后来有队员告诉我，这些作品太珍贵了，大家不舍得一张张分出去，用手机都拍了下来，发到群里分享。

这些爱心礼物给前方的医护人员带来了力量。我想，这次的爱心传递员是做对了，就像小朋友说的，医护人员你们辛苦了，在为我们保驾护航的同时，你们自己也要健康。

广州广播电视台记者：林欣杰 陈智萌

◎ 前线心声

心情无比美好

来到武汉40多天了，看着很多患者转危为安，顺利康复出院，心情无比美好。

广州医科大学附属第一医院内分泌科护士：李颖贤

◎ 直击现场

“暖心礼物”拆箱实录

“快递员”是如何将礼物送出的呢？快来看看吧。

扫码观看视频

广州广播电视台记者：林欣杰 陈智萌

2020
3 月 12 日 / 星期四

我们一直在抗疫的路上，疫情不结束，我们一直在战斗。

出征“满月”，广东医疗队不负重托

2 月 10 日晚，广东第一批医疗队抵达荆州，马上接管疫情最重的洪湖市病区。

广东抽调 ECMO 团队驰援荆州，创造了湖北省首例 ECMO 转运危重症患者的纪录。医疗队队员表示，他们一般下班根本停不下来，使用 ECMO 患者的管道更多，要求他们做更精更专、更全面的护理。广东抽调 74 名中医医护人员，覆盖所有医疗分队，带去广东的中医力量。

前后联动，1100 多名广东医生报名参与荆州远程会诊，“广东大脑”决胜千里。在抗疫第一线，粤荆两地医护人员携手救人，一刻都没停歇。

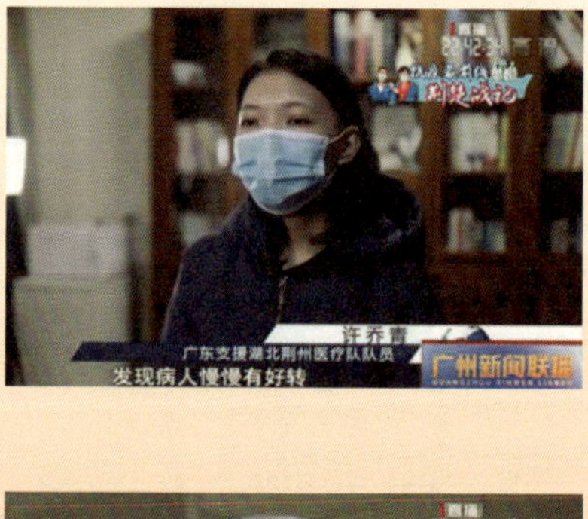

“发现病人慢慢好转，我会很开心，我们的努力没有白费。”广东支援湖北荆州医疗队队员许乔青感叹道。

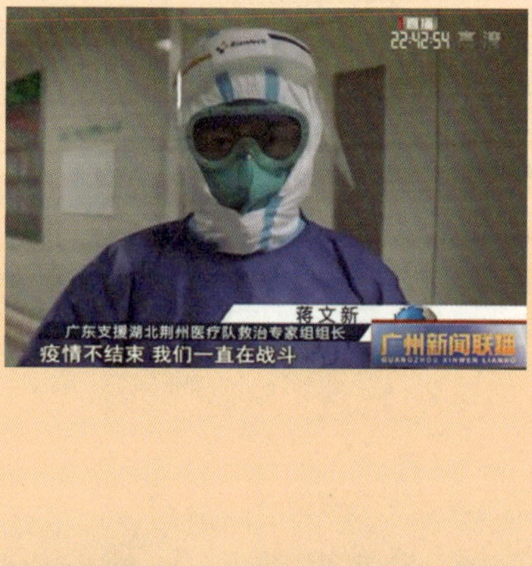

洪湖重症病例全部转入市区两家救治中心，这里将发起荆州战“疫”的最后攻坚。“我们一直在抗疫的路上，疫情不结束，我们一直在战斗。”广东支援湖北荆州医疗队救治专家组组长蒋文新表示。

广州广播电视台记者：林欣杰 陈智萌

深圳心理医疗队为武汉一线医护人员疏导解压

医护人员在救治病患的同时，自身心理健康也极为重要。深圳第五批援鄂医疗队 5 名队员来到武汉后深入一线，通过线上线下诊疗方式，不仅帮助患者树立康复的信心，也保障救治病患的医护人员的身心健康。

医护人员们正在接受一种支持性的团体辅导。通过一些舞蹈动作，抗疫一线医护人员可以更好地放松身心，舞动心灵。

由于工作时间紧，任务重，不少医护人员还会选择线上问诊。经过问询，心理医生发现，不少医护人员都面临着睡眠质量不高、心里牵挂事情多等问题。

目前，深圳心理医疗队 5 名队员已经一对一加入所支援的医疗队，通过线上、线下开展精神心理联络会诊及心理查房等方式，对医护人员开展心理健康教育，提高医护人员抗压能力。

深圳卫视记者：隋啸 王鹤宁

◎ 前线心声

我们就是最擅长逆行的那群人

2020 年伊始，新冠肺炎使武汉这座昔日繁华的城市蒙上一片阴霾。在举国上下向疫情宣战的那一刻，我便暗下决心：一定要去武汉支援！

我想，危急时刻，总需要有人逆行。我们就是最擅长逆行的那群人！不用担心，我们定能凯旋！

广州医科大学附属第一医院重症医学科主管护师：刘川

◎ 直击现场

荆楚出征“满月”

广东医疗队驰援荆州：分秒必争，想尽一切办法。

扫码观看视频

广州广播电视台记者：林欣杰 陈智萌

2020
3 月 13 日 / **星期五**

到荆州刚好一个月，我曾绞尽脑汁，只为能进入隔离病房拍摄；我曾彻夜难眠，想着要挖掘好的新闻题材。这个时候更不能累倒，照顾好自己最重要。可能实在太累了，迷迷糊糊就睡着了。

逆行路上，请你们照顾好自己

3 月 13 日，春寒料峭。在荆州的广东医疗队有正面战场，还有一支中医护理的特别行动队在后方奋战。今天我特意去采访他们，进入病房，看到病房的架子上放着各种瓶瓶罐罐及耳穴贴等，有队员正在给患者进行中医调理。

我跟拍一名中医队队员查房时，这名队员听管床护士说，有位老奶奶整晚头疼难受、恶心欲呕，难以入睡，就走进老奶奶的病房详细询问情况。这名队员对老奶奶说：“要不我给您做一下中医手法按摩，放松一下？”老奶奶开始的时候不太理解，很详细地询问后才让这名队员动手。这名队员先帮老奶奶按摩头部，让她放松。10 分钟后，老奶奶拉着这名队员的手激动地说：“感谢你们广东医疗队，你们救了我的命啊！”老奶奶说

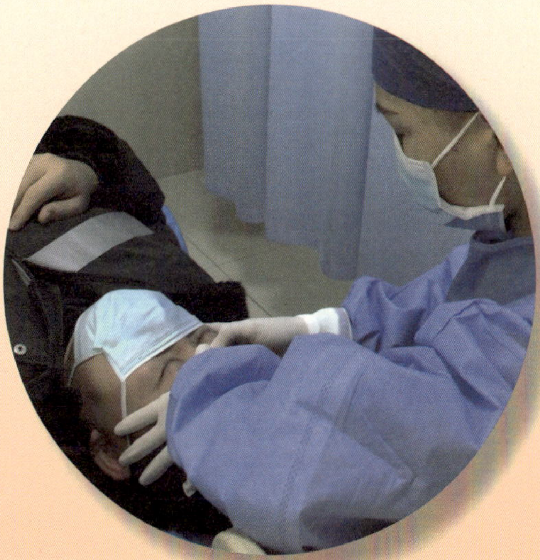

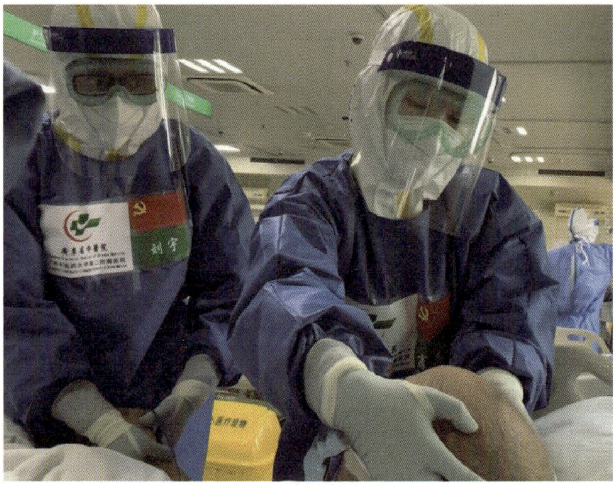

着说着就流下了眼泪，这名队员不停安慰着她。

其实这名队员主要是对患者的心理、康复等方面的问题展开针对性的治疗，引导她转移注意力。后来有队员告诉我，刚到荆州市中心医院时，当地人对中医治疗接触并不多，甚至表示怀疑，现在有很多患者接受了中西医结合治疗。

后来不少医疗队的队员也过来“放松”。经过一个月夜以继日的奋战，队员们都有点疲劳，中医队员帮大家整体调理，疏通经络。一位队员在刮痧时，刮了几下，整个背部就通红了，中医队队员说他出痧明显，要多调理一下。看着他们这样互相关照着，很暖心。我也忍不住让中医队的队员帮忙看下，详细填写了最近的身体状况，一位队员帮我贴了耳穴贴，用力揉按，她说我熬夜太多，千叮万嘱我注意休息。

晚上 11 点多，我赶紧躺下休息，到荆州刚好一个月，我曾绞尽脑汁，只为能进入隔离病房拍摄；我曾彻夜难眠，想着要挖掘好的新闻题材。这个时候更不能累倒，照顾好自己最重要。可能实在太累了，迷迷糊糊就睡着了。

广州广播电视台记者：林欣杰 陈智萌

2020
3月14日 / 星期六

在湖北荆州松滋市，有一个医生家庭，家中五口人全部感染新冠病毒，在他们最难熬的时候，广东支援湖北荆州医疗队赶到了。

医生一家五口确诊，关键时刻广东医疗队赶到

在湖北荆州松滋市，有一个医生家庭，家中五口人全部感染了新冠病毒，在他们最难熬的时候，广东支援湖北荆州医疗队赶到了。如今，这一家人都已经全部治愈出院，一起来看看他们的故事吧。

王秋垟是荆州松滋市人民医院的医生，今年1月，他在工作中被感染上新冠病毒，没过多久，他的家人接二连三地确诊住院。

王秋垟告诉记者："我也处于病痛的折磨当中，后来我小孩、爱人他们也开始发热，我的母亲、父亲全都住院了。那时觉得，这个小家好像要支撑不下去了。"

家人被感染后，王医生每天都在懊恼与自责中，身心备受折磨。2月初，他母亲的病情急转直下，医院多次发出病危通知，躺在隔离病房的王医生彻夜难眠，竖起耳朵搜寻对讲机里传来的声音，希望能听到母亲病情好转的消息。

转折点出现在2月16日，根据"四个集中"原则，前来支援的广东医疗队将包括王医生母亲在内的19名患者转入新病区，集中力量救治。

通过两地医生的合力救治，王医生一家陆续痊愈，曾经病情最严重的母亲胡女士也在3月7日出院，住进了康复隔离区。能够重获"新生"，

胡女士非常感激周医生：“她不光是我的医生，是我的恩人，还是我的朋友。”她拿出手机给我们看她患病时候的照片：“那时候我病得都不成人形了。”

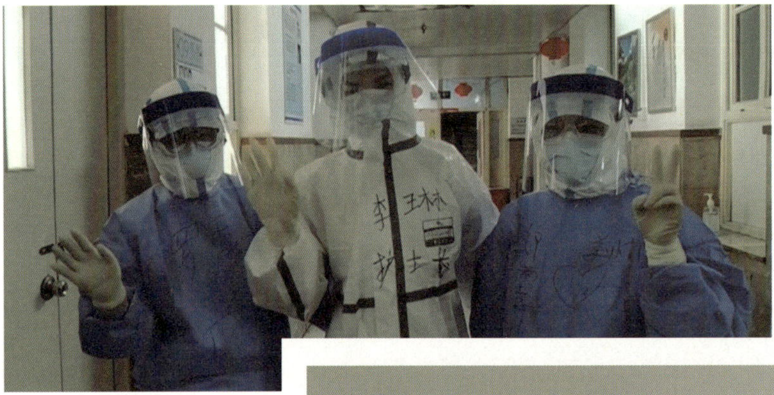

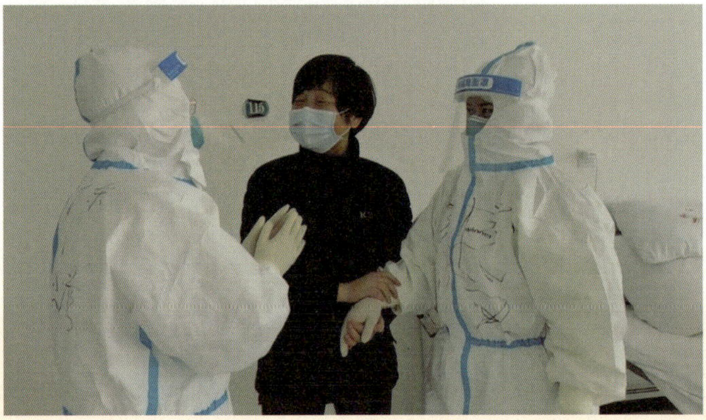

胡女士还说，她儿子王医生现在每天都想着尽快重返一线医疗岗位，最近还主动去捐献血浆。

据了解，王秋垟痊愈后主动去献血，成为松滋康复者献血的第一人。

广东广播电视台记者：周鹏 杨霄

深圳援鄂“满月”记

1. 荆州

来监利一个月了

3 月 14 日，深圳支援荆州医疗队抵达荆州监利县一个月整，经过来自深圳、珠海、清远、阳江四地 21 家医院的 66 名医护人员的共同努力，监利县确诊患者全部治愈出院并且实现零死亡、零反复，全体医护人员零感染。

早上 9 点，包括深圳医疗队在内的广东省支援监利县医疗队的 66 名队员，在驻地前集结拍摄大合影。相比一个月前，队员们的脸上流露出了久违的轻松与微笑。

刘璐，是深圳医疗队中最小的队员，是土生土长的荆州人，她告诉深圳卫视和壹深圳客户端记者，这一次，能够以逆行者的身份回到家乡抗疫，她终生难忘。

一个月的生活与共事，从素昧平生到生死相依，四地医疗队队员之间产生了深厚的战友情。四地医疗队此次共参与救治新冠肺炎患者 251 人，其中包括 35 名危重症患者。经过大家一个月的努力，监利县新冠肺炎患者实现清零。

2. 武汉

深圳中医医疗队

深圳中医医疗队在雷神山医院治疗病人均以中医药为主，部分重症病人采取中西医协同治疗。在治疗重症患者方面，成效进一步彰显。

截至 3 月 14 日，深圳中医医疗队累计诊治新冠肺炎轻症患者 46 名、危重症患者 13 人。患者普遍高龄，平均年龄 63.1 岁，最大年龄 87 岁。病区中药治疗率达 100%，其中纯中医治疗 34 人，纯中医治疗率达 73.9%。

深圳第一批援鄂医疗队正休整待命

3 月 10 号，武汉客厅方舱医院正式休舱。目前，曾进驻武汉客厅方舱医院的深圳第一批医疗队队员正原地休整。下一步，医疗队将有可能前往监狱方舱、社区留观点、新冠肺炎患者收治定点医院、重症监护室等四个地点继续开展工作。

深圳卫视记者：王鹤宁 隋啸 靳阳懿 杨阳 陈楠

◎ 直击现场

深圳援鄂“满月”记

3 月 14 日，深圳第二批援鄂医疗队抵达荆州刚好“满月”。一大早，深圳第二批援鄂医疗队 17 人与珠海、阳江、清远三队集结合影。致敬逆行，铭记英雄。

扫码观看视频

深圳卫视记者：隋啸 王鹤宁

2020
3 月 15 日 / 星期日

为给这例危重症患者更换膜肺，两地医护花费近 3 小时认真准备，确保万无一失，终于再创新速度！

再创新速度！广东医疗队 10 秒换新 ECMO

3 月 15 日，广东医疗队与荆州医护人员成功为该市第三例 ECMO 患者更换膜肺。这位患者于 2 月 20 日从监利县转院至荆州市中心医院，是全国第一例危重症新冠肺炎患者 ECMO 长距离转运病例。

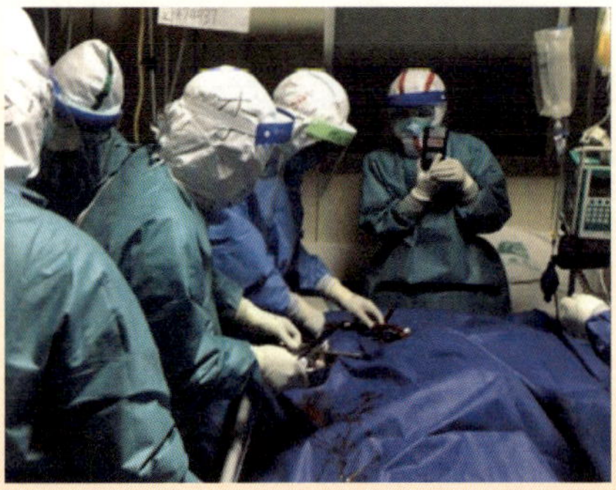

目前，他已接受 ECMO 治疗 25 天，“人工肺”开始出现栓塞，病情危重，需要更换膜肺。因为患者本身已无供氧储备，为最大限度避免膜肺更换时 ECMO 停机给他带来的危险，两地医护人员在当日下午花费近 3 小时认真准备，确保万无一失。

下午 6 点多，医护人员进入 ICU，并为这次手术分工，他们动作迅速，很快就准备好消毒工具将病人需要换的管道和机器消毒。几位护士站在各自的位置，拿着剪刀夹住旧 ECMO 的管道，里面都是流动的血液。

随着床尾医生的一声大喊：

“准备好了吗？！”

“倒数，3、2、1……停机！”

“剪！接新 ECMO 管！”

“下腔完毕！”

“上腔完毕！”

“开放！”

大家突然安静了下来，都盯着心电监护仪，病人的血氧饱和度掉到 31%，让 ICU 的气氛紧张了起来……过了一会儿，数值慢慢回升到 84%！大家松了一口气，病房里响起了掌声，这位病人又逃过了一劫。

上一次更换膜肺用了 16 秒，这次速度提升到 10 秒！

广州广播电视台记者：林欣杰 陈智萌

深圳心理医疗队为患者送“心理良药”

穿好防护服，推开三道隔离门，深圳康宁医院的心理医疗队队员们走进甘肃医疗队负责的病区。

大量病人康复后，这个病区还剩下 8 名病人。经过聊天沟通，心理医疗队队员逐渐打开病人的心扉，大家也开始和医疗队队员分享自己生病时的心路历程。有的病人说生病期间最想感谢的是照顾他的医生和护士。医疗队队员拿出了医生送给病人的节日礼物。

心理医疗队队员们还特意教给病人渐进式的肌肉放松训练法，帮助病人稳定情绪，为他们出院后在家中的自我隔离做好前期心理建设。

深圳卫视记者：靳阳懿 杨阳

2020
3 月 16 日 / **星期一**

随着当地疫情防控形势逐步好转，广东支援荆州医疗队撤离的脚步应该越来越近了……

平安归来，一个都不能少了

3 月 16 日，荆州天气暖了不少。截至 3 月 15 日，荆州还有 38 名新冠肺炎患者在医院接受治疗，除了城区，辖区其他区域确诊及疑似病例已全部清零。确诊患者少了，但救治一刻也不敢松懈。ICU 里，有一名上了 ECMO 治疗的患者，病情好转了一点，医护人员说，看到曙光了，要继续努力，也期待他出院的那一天。在 ICU 里，我见到长期卧床的患者，由于不能自己翻

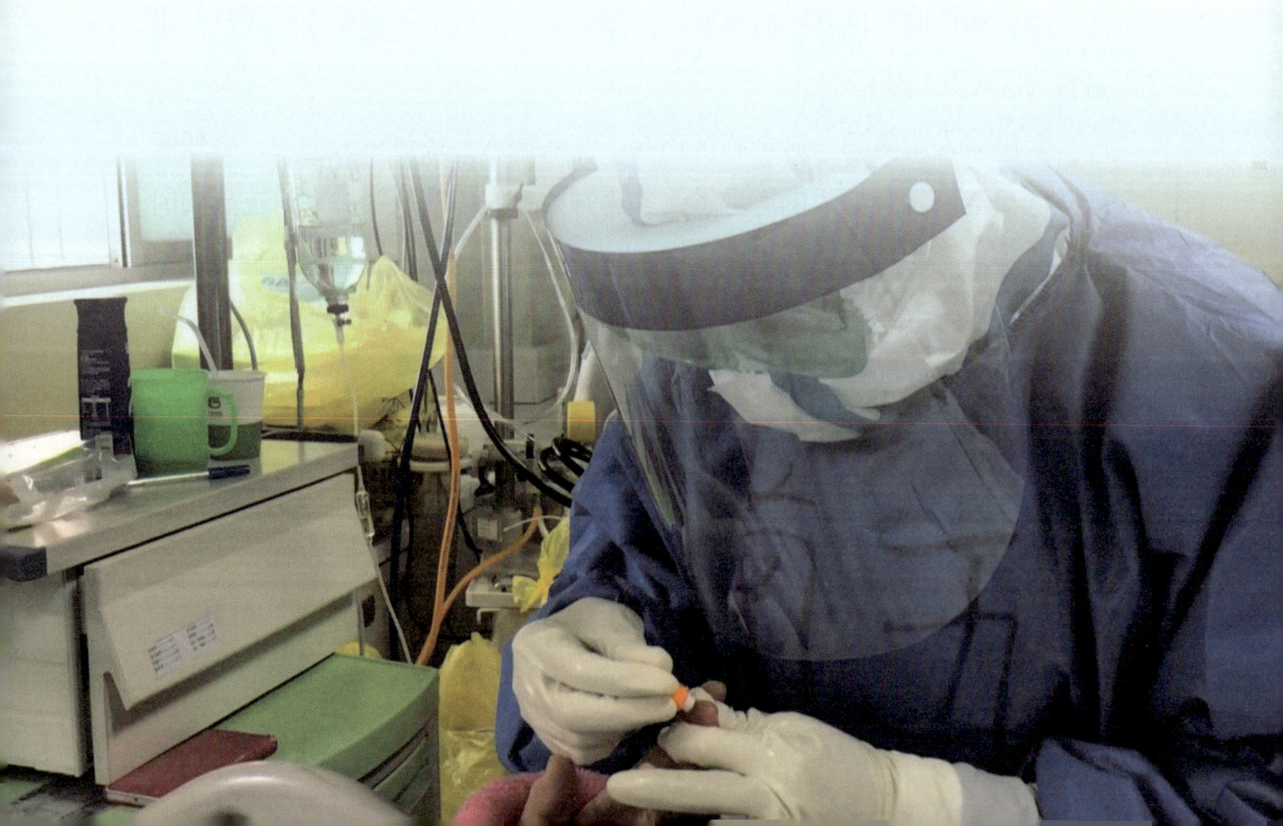

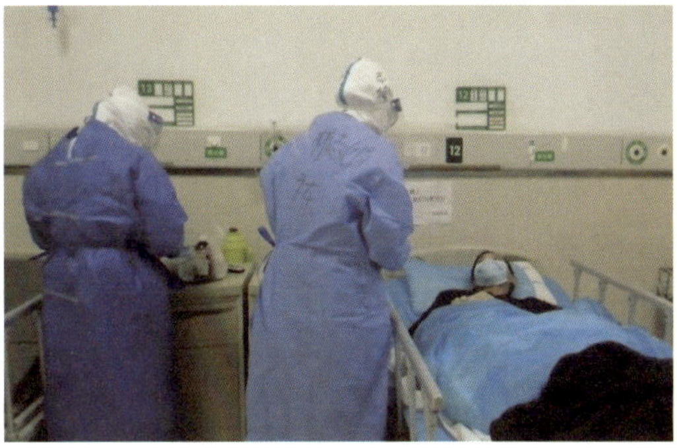

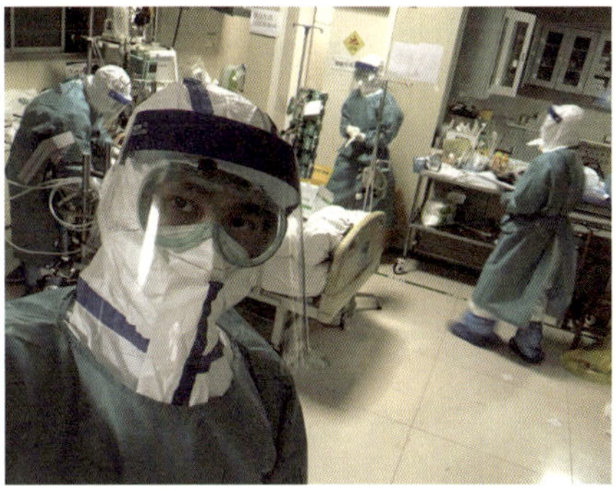

身，很容易出现压疮问题。对此，广东支援荆州医疗队安排了队中皮肤科医生，为患者护理皮肤。

医护人员大多数时间都在有条不紊地紧急救治患者，但也会有事情“脱轨”。在进入ICU换防护服时，我身边的一名心理科医生在换衣服，院感的护士在检查，两人中途说起队友发生意外的事，这名院感的护士情绪很低落，说突然很难受，难过的心情难以平复。心理医生说，稍后联系一下，顺便也帮她科室的人做一下心理辅导。此刻，我也说不出任何安慰的话。

随着当地疫情防控形势逐步好转，广东支援荆州医疗队撤离的脚步应该越来越近了。医护人员在请战书上按下红手印，义无反顾地逆行，毫不退却地与病毒作斗争，因公殉职的队员青春永远在此定格……，这些画面，历历在目。你们一次次在ICU争分夺秒地与生死博弈，时常让我感动。我看到了，这铮铮誓言背后的行动；我读懂了，这逆向而行的爱。千里楚地已立春，驰援抗疫任务即将结束，我们一起回来。

广州广播电视台记者：林欣杰 陈智萌

2020
3 月 17 日 / 星期二

今天是荆州解封的第一天，路口排起车龙，市民走上了大街小巷，不少商店开始营业，这座城市又有了浓浓的烟火气。

荆州重症救治仍在努力

3 月 17 日，荆州天气持续暖和。一大早我还是打算到病房看一看。来到病房，看到此前报道的 82 岁老奶奶，已经从 ICU 转出来，精神明显好了。医护人员在悉心照料着她，给她喂食，一句“谢谢”都听得格外悦耳。之前她背诵的诗句 “孤帆远影碧空尽，唯见长江天际流”，一直在我脑海中回响，希望乐观的老奶奶早日康复出院。

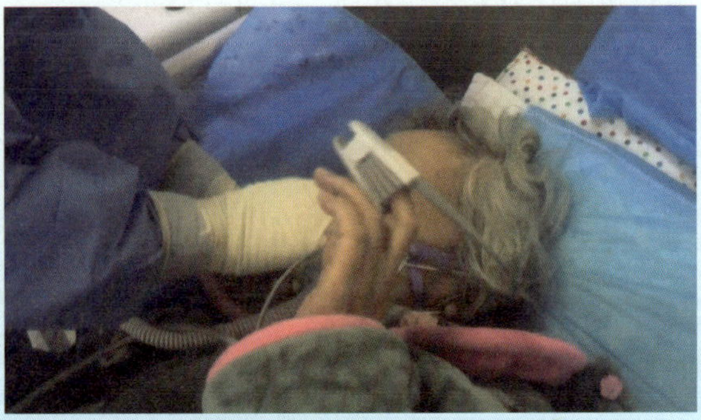

换好防护服，走了一圈 ICU，向感染科的隔离病房走去。一进门，刚好撞见几名戴着正压头套的荆州医护人员，第一反应是这里又将展开一场生死博弈了。问了一下才知道，原来是荆州第一位上 ECMO 的患者出现紧急状况了，医护人员打算给这位患者“换膜”。

很快，他们便为患者盖上的蓝色的布并消毒好工具。有一名医生吩咐护士等下要紧盯患者的心电监护仪，如发现不妥，马上喊停，之后又叮嘱大家如何配合动刀。剪刀夹住一条充满血的管子，一切准备就绪，空气像静止

了一样。医生喊：“预备，动刀！”这场面是我见过“最血腥”的，举着手机，我眼睛都不敢睁开了。几秒钟，就是闭眼一会儿再睁眼的工夫，病人身上蓝色的布已染红，医生的正压头套也溅上了鲜血。我把手机拍摄关了，实在不愿意再去放大这样的情景了。我走出了病房，调整了心情。后来得知，这名患者的血氧一直掉到很危险的范围，医生当时就停手了。医生坦然说，这样下去机会越来越渺茫了。后面他说什么我忘记了，但我知道他们尽力了。没等他们出结果，我就走出了这栋楼，还是脱掉防护服，回去休息下吧。拍没拍到这条新闻都不重要了，这个时候，我不想再亲耳听到什么坏消息了。

走出医院，看着荆州解封后第一天的样子，路口还排起了车龙，市民走上了大街小巷，不少的商店开始营业。餐馆还不能堂食，当地居民在排队购买食物时，也要保持 1 米左右的距离，但也让人感受到了浓浓的城市烟火气。我想，这座城市算是按下了播放键了。回去的路上，我登上了古城墙，想好好看一下这座城市，看看日落。

广州广播电视台记者：林欣杰 陈智萌

◎ 前线心声

我们的春天快到了

各地疫情均在好转，在这疫情的尾巴上，最易让人焦躁、松懈，我们必须再坚持，才能完胜。还未痊愈出院的患者们，你们也是战士，你们的努力配合没有白费，遍地金灿灿的油菜花，还有那耀眼的阳光，预示着我们的春天到了。

南方医院消化内科护师：刘赛君

◎ 直击现场

为 ECMO 患者紧急“换膜”

哪怕情况并不理想，医生仍然坚持再努力一次。

扫码观看视频

广州广播电视台记者：林欣杰 陈智萌

2020
3 月 18 日 / **星期三**

3 月 18 日，荆州晴，气温更高了。广东医疗队马上要撤离回去了。今天是队员们最后一次在荆州穿上防护服，进隔离病房查房了。

撤离荆州，我要记住你的样子

在穿防护服时，身边很多医护人员在防护服上写下了暖心的话语，有人写上了自己的愿望，有人写出了对队友的不舍。一位广东的护士在荆州护士的衣服上写着“你爱广东　广东♡你”，大家笑了起来。“她们教了我很多，她们性格外向开朗……”荆州的护士滔滔不绝地给我描述她眼中的广东医护人员。

广东医疗队的一位队员说，要在离开之前，跟患者好好地告别，我跟着他走了几个病房。一位老爷子一听到这位队员的声音，就把他认出来了。原来，从老爷子入院到现在，都是这位队员负责治疗的，他们之间有了很深的交情。在告别时，老爷子紧紧握住这位队员的手说：“很遗憾，没有机会看到你的庐山真面目。” 这位队员安慰了他一会儿，最后他们还定下了小龙虾之约，老爷子

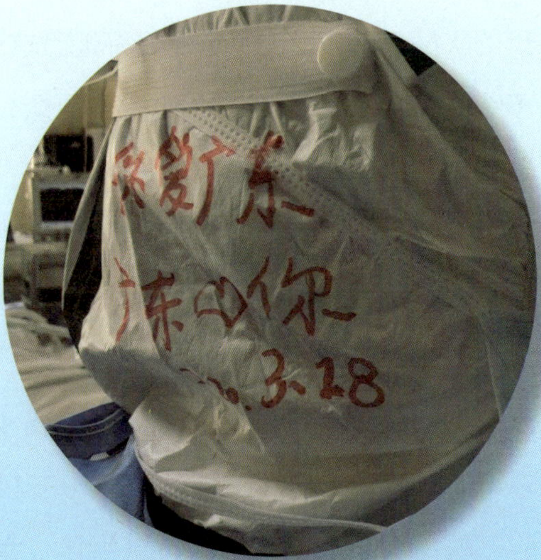

要在康复出院后，好好邀请队员们聚一聚。离开病房时，老爷子坐了起来，伸着脖子看着这位队员离开。看着他们有着说不完的不舍，我被深深感动了。

下午，最后两名接受 ECMO 治疗的患者也要被转走，荆州市中心医院新冠肺炎重症救治中心要清空了。再进入 ICU，里面都是医护人员，不值班的队员都来帮忙，说是要好好地跟这里告别。6 点，ICU 已经“清零”了，不少队员还不舍得离开，要拍照留念，好好记住在这里奋战的一个多月的时间。

一名队员说，他们曾经对患者说，“你们不好，我们不走，只要你需要，我们一直都在”。在患者治愈出院的那一刻，他们觉得经历的所有辛苦都是值得的。从这家医院重症救治中心挂牌成立，到今天只留下空床，看到过医护人员细心的护理，看到过凌晨 4 点的 ICU，看到过惊险的手术……以记录者的身份与他们并肩作战，这些回忆将会让我终生难忘。

晚上在酒店里，有队员过生日，大家唱起了《朋友》这首歌，还举起了手机，打开闪光灯跟着节奏摇摆起来。队员们说，要感谢酒店的工作人员和荆州民警，谢谢他们这段时间的守护和照顾。我打开窗户，嗅到的是久违的春天的气息。

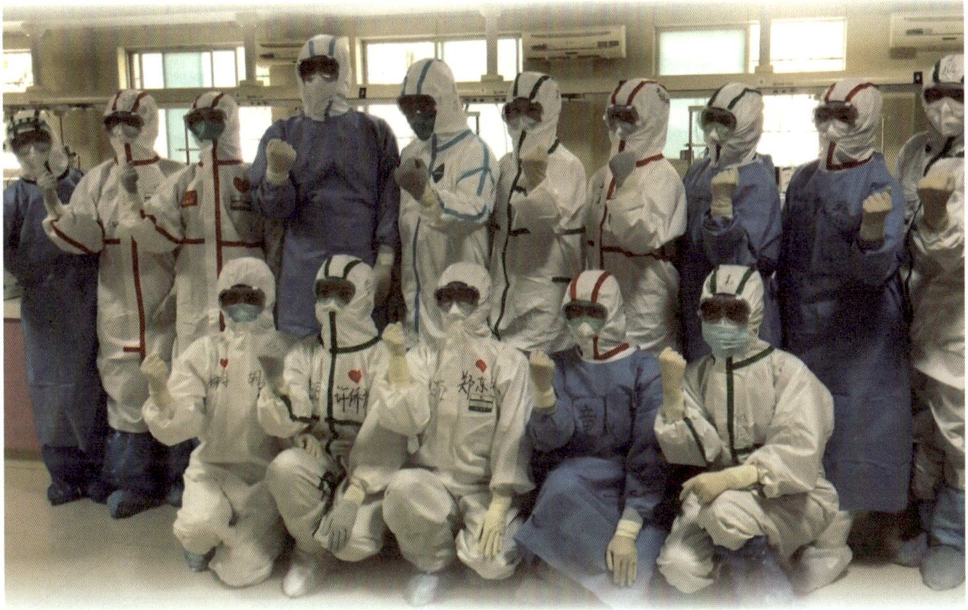

广州广播电视台记者：林欣杰 陈智萌

◎ 前线心声

这本是我们的职责

记得有一位阿姨看到我的防护服上写着“广州”字样时，很激动地拉着我的手说：“谢谢你们，是你们给了我们希望！我有很多家人也是在广州生活的，那是一个美丽的地方。”说着说着，她的眼睛就湿润了。我安慰道：“这本是我们的职责，你们的康复就是我们最大的动力。”

广州市第一人民医院护士：胡惠敏

◎ 直击现场

撤离前的最后一班岗

广东医疗队即将撤离荆州，这将是队员们最后一次在荆州穿上防护服。

扫码观看视频

广州广播电视台记者：林欣杰 陈智萌

2020
3 月 19 日 / **星期四**

今天上午，包括 17 名深圳第二批援鄂医疗队员在内的共计有 66 名队员的广东省支援监利县医疗队正式撤离奋战了 40 多天的荆州市监利县。

勇士回家，相拥送别

医疗队在监利期间实现了在院患者清零，完成了新冠肺炎患者的救治工作。监利县政府和当地医护人员代表为队员们举行了简短而热烈的欢送仪式。

曾经并肩作战的荆粤两地医护人员相拥合影留念。当地政府还连夜制作了医疗队的精美画册作为礼物送给医疗队的队员们。两地医护人员表示，从

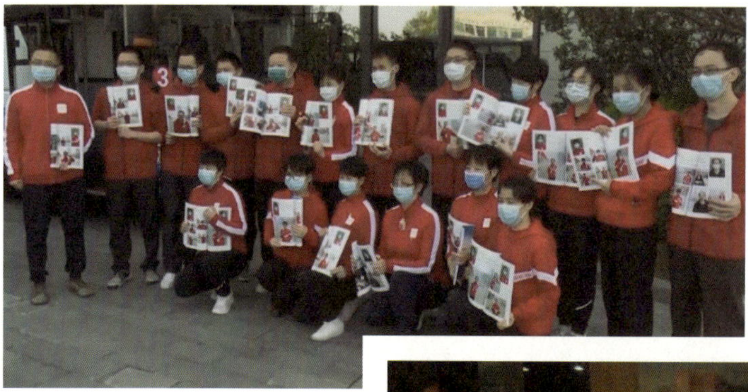

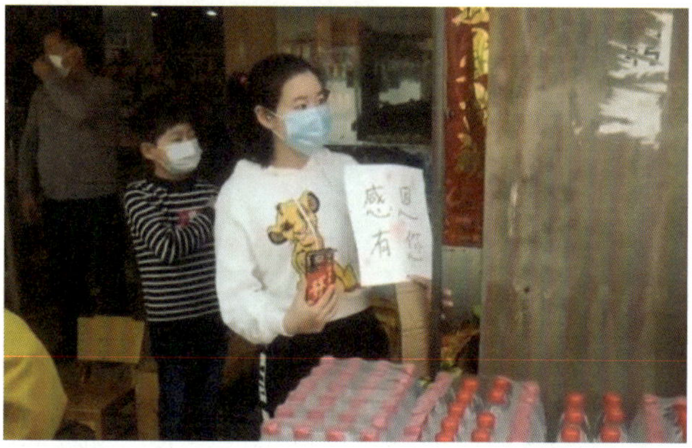

素昧平生到生死相依一个多月的时间，彼此间建立了深厚的“战友情”。

在医疗队中途停歇的地方，当地老百姓自发为医疗队送水，他们还举着自制的纸牌（上面写着“感恩有您”）并向医疗队挥手送别。

医疗队大巴驶出监利北收费站时，早早等候在此的人们和队员们挥手告别。

在荆州疫情日益严峻之际，深圳先后派出第二批和第四批援鄂医疗队，分赴荆州市监利县和荆州市区两个荆州疫情最严重的任务区，与当地医务人员一道共战疫情。

深圳第二批援鄂医疗队是深圳派出的首支成建制医疗队，由北京大学深圳医院的 17 名技术骨干组成。

自 2 月 15 日抵达监利县，奋战 24 天后，实现监利县零新增病患，零新增疑似患者，零在院患者的“三清零”目标。

深圳第四批援鄂医疗队由深圳边检总站的 17 名医护人员组成，也是国家

移民管理局派出的唯一一支成建制支援湖北医疗队，队员抵达荆州市后全部投入新冠肺炎重症患者救治工作。

深圳卫视记者：王鹤宁 隋啸 陈楠 李添裔

再战荆州，坚决不撤离

3月19日，荆州天气晴。荆州市中心医院举行欢送会，送别103名广东医护人员，他们已经在这里奋战一个多月了。荆粤两地的医护人员两百余人集聚一堂，确认过眼神，终于看到彼此脱下防护服的样子，他们相互拥抱。想起一位队员说过，在对抗疫情的道路上，他们和患者、当地医护人员已是一家人，哪里分彼此。看着他们陌生又熟悉的模样，昨日并肩作战，今日与君离别，我很荣幸能遇见你们。

一位荆州的医护人员代表上台发言时说："我听过几封带着粤语口音，报喜不报忧的'疫'线家书。我不全知道你们是谁，可我知道，你们为了谁。

你们来时义无反顾、行程匆匆。你们身着洁白战袍，带着爱的‘利剑’，用血肉之躯，并肩守护在病人身前。”在发言现场，不少医护人员都动容了。

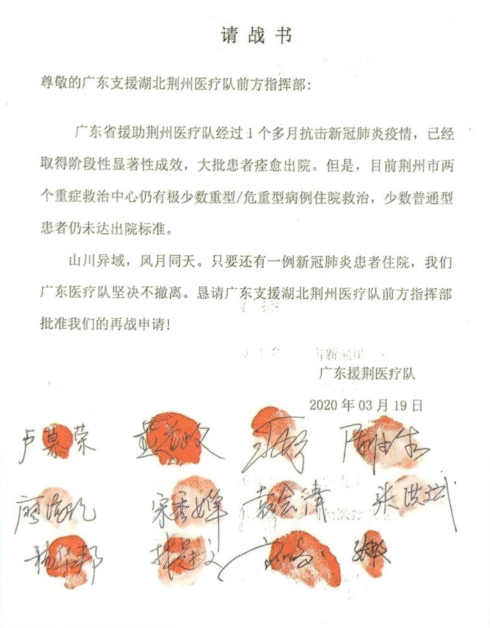

请战书

尊敬的广东支援湖北荆州医疗队前方指挥部：

广东省援助荆州医疗队经过1个多月抗击新冠肺炎疫情，已经取得阶段性显著性成效，大批患者痊愈出院。但是，目前荆州市两个重症救治中心仍有极少数重型/危重型病例住院救治，少数普通型患者仍未达出院标准。

山川异域，风月同天。只要还有一例新冠肺炎患者住院，我们广东医疗队坚决不撤离。恳请广东支援湖北荆州医疗队前方指挥部批准我们的再战申请！

广东援荆医疗队

2020年03月19日

广东医疗队队员坐上大巴离开医院时，警车开道，警灯闪烁。荆州医护人员、市民夹道相送，民警立正敬礼。一位老爷爷使劲挥手鞠躬，大家眼眶噙满泪水，一声声暖心的问候回荡在耳边。此时此刻是不舍和感恩，我想大家都会永远记住这段深深的情谊。广东和荆州虽相隔千里，疫情也会结束，但荆粤两地的战斗友谊不会结束。温热的眼泪，淌过我的眼角。当善良遇到善良，而善良又未被辜负，这种感觉真的很好。

晚上在酒店整理行李时，听到消息说还有队员没有跟“大部队”一起撤离，广东医疗队12名队员写下请战书再战荆州，请战书上说，“只要还有一例新冠肺炎患者住院救治，坚决不撤离”。留下来的这些队员都是ICU、呼吸内科等专业医护人员。

采访时我又差点哭出来了。没有人天生是英雄，来的时候是为了责任而义无反顾，走的时候却因为需要而毅然留下。我相信你们定会不辱使命，向继续奋战的广东医护人员致敬！有你们在，荆楚大地便是晴天！

广州广播电视台记者：林欣杰 陈智萌

◎ 直击现场

医疗队员齐唱《歌唱祖国》

从医疗队抵达监利时的风雪交加到离别时的晴空万里，监利县也正如这天气一样迎来了黑夜后的黎明。两地医护人员的脸庞上露出久违的笑容，现场的医疗队队员们也激动地唱起《歌唱祖国》以表达内心的喜悦。

扫码观看视频

深圳卫视记者：隋啸 王鹤宁

2020
3 月 20 日 / 星期五

春暖花开，山河无恙。战“疫”中的最美逆行者们，谢谢你们为同胞拼过命。欢迎你们回家。

战“疫”归来的年轻人

来时风雪，走时花开。今天是春分，也是广东支援荆州医疗队 564 名医护人员平安踏上返粤归途的时间。在这趟返回广东的列车上，共有 174 名“90 后”医护工作者。虽然支援荆州工作已经告一段落，但他们的话题依然离不开这段战“疫”时光，还在回忆着与病魔斗争的 38 天。

车厢里，有人聊天，有人睡觉。此时，白衣天使们终于可以放下工作好好休息。在 11 号车厢里，几名年轻的护士吸引了记者的注意。

“我们两个都是 1998 年的，我叫东宇，她叫东洪。”她们是广东支援荆州医疗队队员、珠海市中西医结合医院的护师。

“刚才那个抖音我看拍得特别好。”胡东洪告诉记者：“这个（视频），我们第一天在机场就拍了一个手势，但是我们三个人从第一天（上班）到结束，一个多月我们都没有碰在一起上过班，等到最后一天做消杀的时候，我们三个人才一起去了，一起搭班完成这个视频。”

车厢另一头，一位护士看着窗外的景色流泪了。

记者问她：“是想家了还是什么事？”

她是广东支援荆州医疗队队员黄青青，她说：“刚才跟妈妈报了一个平安，然后让她不要担心，挺舍不得（这里），因为我是湖北人，这一切的景象，在我的脑海当中是非常熟悉的，还想什么时候再回来。”

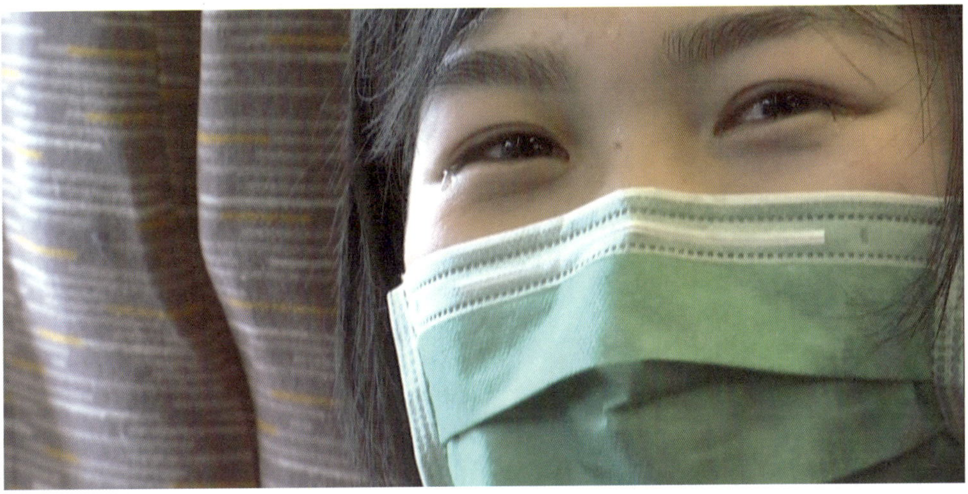

记者："下一次还想在什么时候回来？"

青青："下一次（就在）疫情结束之后吧，就是（战'疫'）全面胜利之后，就希望回来看一看。"

无论是东宇、东洪还是青青，她们都是"90 后"。这场战"疫"让她们收获了经验也收获了坚强。而下面这位年轻人，更确认了爱情。

拿着手机看视频的年轻人是南方医科大学南方医院的护士张煜。他和女友何丽娜分别在荆州和武汉支援这场战"疫"。

张煜告诉记者："这（视频）是她下班时候拍的。"

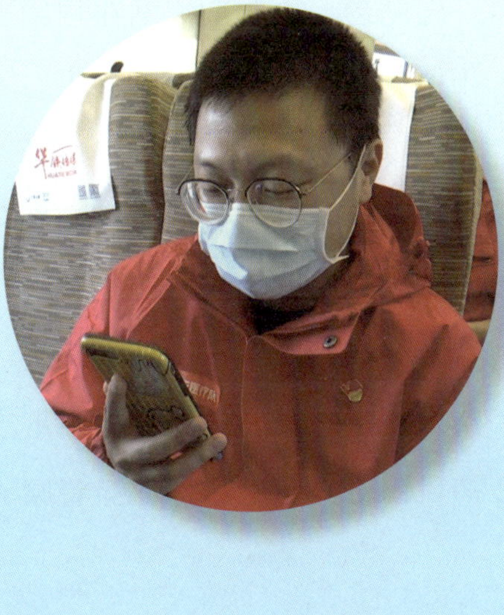

"你看到这个心疼吗。"

"心疼！怕她留下压疮。她也担心自己（变得）不好看。"

2 月 25 日正好是张煜和何丽娜认识两周年的纪念日。在支援湖北抗疫的这段日子里，他们不仅共同经历了此生最难忘的时光，张煜还给了何丽娜一个惊喜、一份承诺，他向她正式求婚了。

“发生疫情之前，我答应过她要在认识两周年的时候求婚，但是她说：‘你现在告诉我就没有惊喜了。’但是我答应过她，不管她还记不记得，我都要履行我的承诺。”

广东广播电视台记者：周鹏 杨霄 吴柳倩

荆楚第 37 天，我们都哭了

3 月 20 日，春分至，暖风渐起，迎来归期。在荆州火车站，荆州医护人员、民众、环卫、快递小哥挥手致谢，特警、交警、铁警列队相送，抹着眼泪，抬起右手敬礼，荆州人以最高礼仪送别广东医疗队。

广东医疗队队员有的拿着荆州医护人员亲笔画的水彩画，说会好好铭记这份战友情；有的手里拿着已康复的患者送来的感谢信，诉说着这段“生死之交”。宋姐在驻地照顾队员们一个多月，今天也特意赶过来道别，大家合影、相拥、挥手泪别。离别之际，再多的言语也无法表达不舍之情，无法形容这段生死相托的感情。身虽远，心仍近。

踏上回家专列，关上车门，列车缓缓开出站台。看着荆州站在视线中消失，离开这个让我见证过义无反顾、千钧一发、惊心动魄的城市，万分不舍，我用力记住荆州的样子。

疫情暴发，荆州人民心急如焚之时，广东医疗队临危受命、不顾一切踏上前往荆州之路。新冠肺炎传播途径尚未明确，医护人员仍分秒必争与病毒较量，面对死亡，有恐惧，也很累，但他们从来不说苦。每次拍摄后，晚上回到房间回看记录下来的镜头，无论队员有多累，都会带着希望和信心再次进入病房。看着他们在护目镜下坚定的眼神、穿着厚重防护服的身影，全力以赴，这些画面不断在我的脑海循环回放，多少个晚上我都被感动得流泪。

在列车上终于可以让紧绷的心情放松下来了，看着车窗外一片片黄色的油菜花，回望荆楚大地，突然想起之前荆州当地人给医疗队的一封信：“待到这场战‘疫’全面胜利之时，我们不知，能否赶上邀请你们，看一眼江汉平原的油菜花，尽管，我们的油菜花比不上广东木棉的富贵和绚烂，但铺天盖地的油菜花，一定是我和660万荆州儿女对你们铺向天边的感激与感恩。” 我想，荆州最美的不是油菜花，而是荆州人这份真诚的感恩。

列车开入广州南站，随处可见欢迎回家的标语，广东各市代表早早来到迎接现场，手举指示牌。列车开门，队员依次下车。一句句“欢迎回家”的问候、掌声、欢呼声，让在湖北奋战一个多月的队员热泪盈眶，大家相拥。

广东人“掏家底”千里援助，与荆州人民同舟共济，共同披荆斩棘，风雪中去，春暖花开时归。感谢荆粤两地的医护人员，致敬这些最可爱的人，让

我感受到滚烫的医者之心，让我有一段丰富的经历，忘不了。我想，在疫情防控期间，我做了一件自认为是最对的事。愿岁月静好！

广州广播电视台记者：林欣杰 陈智萌

刚刚，深圳医疗队到家了

3 月 20 日晚上 8 点左右，深圳援鄂第一批、第二批和第四批医疗队队员顺利返回深圳！

深圳市委书记王伟中、市长陈如桂等市领导迎接队员们回家！

欢迎你们回家！

一行 47 名队员抵达深圳人才研修院，他们将在那里进行 14 天的医疗隔离。

今天深圳以最高规格仪式迎接“白衣天团”回家。

广州南站

下午4点半左右，包括深圳医疗队员在内的广东援鄂医疗大部队，乘坐高铁分批抵达广州南站，广东省委书记李希、省长马兴瑞到站迎接。

深圳交警派出由6辆铁骑组成的先期小分队，远赴广州南站，用最高敬意迎接深圳医疗队一行。

莞深交界的长安收费站

晚上7点半左右，深圳援鄂医疗队的车队驶过莞深交界的长安收费站，进入深圳。交警队员警容严整、威武列阵，夹道欢迎白衣战士顺利归来。

随后，多辆大功率警用摩托车按照预定的礼宾警卫队形，在大巴车前后和两侧环绕护航。车队经过的每个执勤岗位，交警队员整齐列队并向车队庄严敬礼。

深圳市中心区

夜色降临，华灯璀璨，鹏城街头处处涌动着暖流。

车队行经之处，一道道深情凝望的目光，一声声充满敬意的欢呼，沿途居民挥舞的点点星光，与回家的勇士们一道，共同汇聚起属于这座城市最耀眼的光芒。

今晚，深圳为医护队队员点亮了400多处户外电子大屏，47名医疗队队员脸庞悉数亮相。

市民中心、深圳湾人才公园、宝安海滨广场三处点亮大型联动灯光秀，平安金融中心大厦、京基100等地标楼宇打出“欢迎最美逆行者回家，致敬新时代最可爱的人”字幕，欢迎队员们归来。

深圳人才研修院

晚上8点左右，在交警铁骑的护卫下，队员们乘坐的大巴安全抵达人才研修院。

白衣做战袍，慷慨赴荆楚。2月9日，13名医护人员组成的深圳首批支援湖北医疗队出征。随后半个月时间里，深圳先后再派出4支医疗队共77名队员，奔赴湖北武汉和荆州的抗疫一线。

在武汉客厅方舱医院、雷神山医院，荆州市第一人民医院、监利县人民医院、监利县中医院，都留下了深圳医疗队队员们忙碌的身影。

春暖花开，山河无恙。战“疫”中的最美逆行者们，谢谢你们为同胞拼过命。回家就好！

（该篇内容被《环球时报》和《人民日报》官方微博转载）

深圳卫视记者：王鹤宁 隋啸

◎ 直击现场

广东援鄂医疗队队员启程返家

疫情危急时，他们顶风冒雪赴战场；患者康复后，他们背起行囊返家乡。回家路上，曾经的战友、痊愈的患者和当地市民均为医疗队热烈送行。别情依依，祝福满满。

扫码观看视频

深圳卫视记者：隋啸 王鹤宁

2020
3月21日 / 星期六

你们去战“疫”，我们怀着不舍与担心送别；如今英雄归来，城市用最高的礼仪迎接。城市因英雄而骄傲，我们因你们而自豪。

迎接英雄归来！深圳市委书记这三句话格外动情

英雄情怀总是诗。深圳援鄂医疗队首批返深队员回到深圳，深圳市委书记王伟中在迎接时说出的这三句话，格外动情：

幸得有你无畏逆行
山河无恙荣归鹏城
全力战『疫』不辱使命
杏林春暖载誉归来
城市因英雄而骄傲
我们因你们而自豪

春暖花开，山河无恙，英雄归来。这是这个春天里最美的约定。3月20日晚，深圳支援湖北医疗队首批47名返深队员和5名随队记者回到深圳，深圳市委书记王伟中、市长陈如桂等市领导与医疗队队员所在医院的同事们一道，迎接英雄平安回家。

“感谢有你，欢迎回家！大家辛苦了、受累了，非常欣慰、非常高兴看到你们平安归来！”王伟中代表市委、市政府向医疗队队员们表示最衷心的感谢并致以最崇高的敬意，向依然坚守在湖北的队员们表示最亲切的慰问。

“幸得有你无畏逆行，山河无恙荣归鹏城。”王伟中说，一个多月来，市委、市政府和全市2000多万市民每时每刻都在关注着你们、牵挂着你们。在这场没有硝烟的战争中，在国家和人民最需要的时候，深圳5批医疗队77名白衣战士和8名随队战地记者，坚决响应习近平总书记、党中央号召，逆行出征、驰援湖北，日夜奋战、不畏生死，在战“疫”火线上同时间赛跑、与病魔较量，做到了零感染、零意外、零事故，为打赢湖北保卫战、武汉保卫战做出了深圳贡献、体现了深圳担当。

“全力战‘疫’不辱使命，杏林春暖载誉归来。”王伟中深情地说，医疗队队员们圆满完成了党和国家交给的支援湖北武汉和荆州的使命任务，用实际行动诠释了医者仁心、大爱无疆的崇高品格，彰显了中华民族同舟共济、守望相助的家国情怀，传递了特区人民与湖北人民患难与共、共克时艰的深情厚谊。你们不愧为“新时代最可爱的人”，是光明的使者、希望的使者，是最美的天使，真正的英雄，是全市广大干部群众学习的榜样。你们的奉献精神，必将激励全市人民全力投入粤港澳大湾区和深圳先行示范区建设，奋力在新时代走在前列；在新征程，勇当尖兵。

“城市因英雄而骄傲，我们因你们而自豪。”王伟中表示，市委、市政府将全面落实薪酬待遇、职称评聘、生活保障等政策，真心真情把对抗疫一线医务人员的关心关爱落到实处。希望医疗队队员在接下来的休整时间里休息好、调整好、恢复好，尽快与家人团聚。全市广大党员干部要向英雄学习，以深圳经济特区建立40周年为契机，不断激发战疫情、促发展的磅礴力量，更加紧密地团结在以习近平同志为核心的党中央周围，在省委的领导下，全力以赴打赢疫情防控的人民战争、总体战、阻击战，奋力夺取疫情防控和经济社会发展双胜利。

北京大学深圳医院医务部主任易黎代表返深医疗队队员表示，正是因为有市委、市政府和全市人民的倾力支持，医疗队才能心无旁骛、斗志昂扬投入各项医疗救治工作，圆满完成支援任务。这段与湖北人民并肩战斗、

共抗疫情的珍贵经历，将永远激励所有医疗队队员牢记使命、坚定前行。我们已做好准备，再次投身疫情防控一线，为夺取最后胜利做更大贡献。

深圳市领导高自民、程步一、裴蕾、吴以环参加迎接活动。

深圳卫视记者：王鹤宁 隋啸

援鄂战“疫”，不负使命

疫情如军令，2 月 9 号，由 13 名医护人员组成的深圳首批支援湖北医疗队出征。随后半个月时间里，深圳先后派出 5 支医疗队共 77 名队员，奔赴湖北武汉和荆州的抗疫一线。

同时间赛跑，与病毒较量。在武汉客厅方舱医院、雷神山医院，荆州市第一人民医院、监利县人民医院、监利县中医院，都有深圳医疗队忙碌的身影。

从12号深圳首批医疗队整建制入驻武汉客厅方舱医院C区，到3月8号，方舱医院正式休舱。他们履行了医者义务，展现了深圳的担当和力量。雷神山医院是战“疫”的核心医院，医院内C6病区是深圳市援鄂中医医疗队的驻扎之地。痊愈出院的王先生，用一个隔空拥抱，表达对医护人员的感激之情。

三国时的古战场荆州，如今成为白衣战士们和病毒斗争的必争之地。深圳第二批和第四批援鄂医疗队，分赴荆州市监利县和荆州市区两个荆州疫情最严重的任务区。

在武汉客厅方舱医院正式休舱的3月8号，监利县又有18名患者治愈出院。周先生是当地医院收治的第一个危重症患者，他说，是包括深圳医疗队在内的所有医护人员给了他第二次生命。

3月9号，在深圳医疗队进驻监利县的24天后，监利县实现零新增病患、零新增疑似患者、零在院患者的“三清零”目标。

抗击疫情以来，深圳医疗队带来了不少具有“深圳特色”的治疗办法。深圳中医医疗队采用中医传统疗法对24名病人进行治疗，纯中医治疗率超过70%。深圳心理医疗队通过线上线下等方式，为病患和医护人员提供心理救治。其间，还走进武汉多家医院，发放“安心宝盒”，送上心理良药。

每一天，他们在臃肿的防护服里，在患者温暖的话语中，变得坚定而坚韧。

在这场事关每个人的战争中，深圳医疗队队员白衣执甲，逆行出征。在湖北的点滴，浓缩成共同奋斗的记忆。

春天已经如约而至。逆行者们，欢迎回家！

深圳卫视记者：隋啸　王鹤宁

◎ 直击现场

深圳医疗队回家全记录

没有一个冬天不可逾越，没有一个春天不会到达。抗击疫情迎来阶段性胜利，部分连续奋战的白衣天使们终于得以归家。短暂休息后，他们还将在自己的岗位上继续坚守。

扫码观看视频

深圳卫视记者：隋啸 王鹤宁

2020
3 月 22 日 / 星期日

2020 年抗击新冠肺炎疫情后，我们将更加热爱自己，热爱人间，热爱世界，热爱大自然。我们坚信：人类命运共同体的中国价值观将会在全世界绽放美丽的花朵，结出丰硕的果实。

广东支援湖北武汉医疗队 313 名队员返粤

湖北长相送，广东迎君归。今天下午，广东省支援湖北武汉第一批医疗队、第二批医疗队、第十九批医疗队、第二十四批医疗队（心理团队）共 313 名队员完成驰援任务，乘坐专机返回广州。广东省副省长张光军到广州白云国际机场迎接。千里援鄂，今日凯旋。久别归家的白衣战士会说些什么呢？

广东支援湖北医疗队队员汪琴：

最想快点回家

看一下广州的街道

走一走

我们离开了58天

广州，我们爱你

广东支援湖北医疗队队员邓医宇：

同时对武汉也依依不舍

在那里和他们结下了战斗的友谊

他们还在那边继续战斗

还有一部分病人还没出院

也祝愿他们安康

广东支援湖北医疗队队员李杰：

护理病人的心理

往往比病毒更可怕的是长期的焦虑

这时候都是靠护士一点一点地让病人舒缓心情

病人从彷徨无助到最后的充满信心

我们护士真的做了很多

广东省人民医院院长余学清：

不仅仅是祖国的召唤

也是医务人员的代表

更是病人的福音

我代表所有的医务人员

热烈欢迎你们平安回来

除夕出征的第一批医疗队，是广东派出的首批最精锐的医疗力量。133 名白衣战士在形势最不明朗之时，1 小时内集结完毕，紧急赶赴武汉，接管了条件最为艰苦、重症患者最多的武汉市汉口医院病区，他们是全国最先到达武汉开展救治工作的医疗队之一。广东广播电视台记者黄嘉莉和臧穆，年三十晚上跟随第一批队员出征，今天也随队同机抵达。回到家乡的英雄们都有什么感想呢？

广东广播电视台特派湖北记者黄嘉莉：

这是一个非凡的经历

在这个过程中我们去记录广东医疗队的工作

他们也在照顾我们的生活

可以说这是一段与英雄同行的经历

很宝贵

一生难忘

广东广播电视台特派湖北记者臧穆：

非常激动

将近 60 天的日日夜夜

在今天这一刻真的有说不出来的感受

我在前方看到了很多的生死离别

我只想和大家说

活着真好

生命可贵

谢谢你们

广东支援湖北应对新冠肺炎疫情防控医疗队副总指挥易学锋：

我们不惜一切代价救治病人，挽救生命

我们全体队员，不畏生死，不计报酬，不辱使命

战斗在疫情防控第一线

在荆楚大地展现了

广东精神，广东智慧，广东速度，广东温度

为打赢武汉阻击战，武汉保卫战

贡献了广东力量

简单的欢迎仪式之后，医疗队队员们登上了迎接他们的大巴车，准备前往指定地点，进行为期两周的休整。他们表示将尽快调整好状态，以饱满的热情和良好的精神面貌，守护好南粤大地人民群众的健康。

广东广播电视台记者：曹雉文 王硕 孟吴 孙伟柏

疫情过后，我们将更加爱护这人间

三月的风吹过，武大飘起了樱花雨。每朵纯白的花瓣，都带着自己的梦想，从枝头飘落。

人们将格外爱人间。

一

2003 年 5 月，走出家门的一位深圳人，在日记中写道：

外面天空湛蓝，桃红柳绿，岁月静好，空气清新。

我舒展一下身子，大口大口地呼吸外面的空气，尽情享受这久违的自由和灿烂阳光。

我们知道，这一天，在漫长等待后终会到来。

那时，我们会格外爱这人间。

一朵花，一片叶，都能让人落泪。
一道光，一簇云，都能让人感叹。
人人都想种一棵树，
我们哭，它落叶。
我们笑，它开花。
仿佛这世界存在的意义，就是我们。

二

但我们与世界的距离，需要重新丈量。
让我们做个大胆的假设，
如果没有了人类，世界将会怎样？
12 年前，有部纪录片《人类消失后的世界》里，就给出了一个答案。
人类消失，也许会让世界暂时失去秩序，对生态造成巨大的伤害。
但 500 年后，城市消失，钢铁成渣。
人类存在过的证据越来越少。
空气越来越清新，
生命形态也越来越丰富。
人类之前有生命，人类之后依然会有生命。
我们引以为傲的文明，
原来如此脆弱。
我们曾自以为是的中心，
其实只是万物之一。
我们需要重新丈量自己与世界的距离。

尾声

这一切，都是人生中短暂的时光。

有些坎儿，这一刻感觉无论如何迈不过去了，

但多年后再看，其实都不算什么。

因为，人生一直如此。

一切记忆，都将随风而逝。

我们，将更加爱护，这人间。

深圳卫视记者：郭保瑞